Y PUMP

Cat

I bob ffrind gorau.

Y PUMP

Cat

MEGAN ANGHARAD HUNTER

gyda

MAISIE AWEN

Rhybudd cynnwys: Yn ogystal â themâu ac iaith gref a all beri gofid i rai, ceir cyfeiriadau at gam-drin rhywiol yn y nofel hon.

Argraffiad cyntaf: 2021
© Hawlfraint Megan Angharad Hunter a'r Lolfa Cyf., 2021

Cynllun y clawr: Steffan Dafydd

Rhif Llyfr Rhyngwladol: 978 1 80099 065 4

Dymuna'r cyhoeddwyr gydnabod cymorth ariannol Cyngor Llyfrau Cymru

iymru
y gan
24 5HE

Y PU𝍖P

| **Tim**
Elgan Rhys
gyda Tomos Jones

‖ **Tami**
Mared Roberts
gyda Ceri-Anne Gatehouse

⫼ **Aniq**
Marged Elen Wiliam
gyda Mahum Umer

‖‖ **Robyn**
Iestyn Tyne
gyda Leo Drayton

𝍪 **Cat**
Megan Angharad Hunter
gyda Maisie Awen

Rheolwr a Golygydd Creadigol: Elgan Rhys
Mentor Creadigol: Manon Steffan Ros
Golygydd: Meinir Wyn Edwards
Marchnata: AM (Nannon Evans, Lea Glyn, Alun Llwyd, Llinos Williams)

*Diolch o galon i Lenyddiaeth Cymru, National Theatre Wales,
ac Urdd Gobaith Cymru am eu cefnogaeth.*

 amam.cymru/ypump

 @ypump_

DIOLCHIADAU

Diolch o waelod calon i Maisie am ei brwdfrydedd, ei chreadigrwydd a'i llais unigryw. Byddai stori Cat wedi bod yn wahanol iawn heb ei mewnbwn gwerthfawr hi.

Diolch yn fawr iawn i Elgan Rhys am gydlynu cyfres mor anhygoel; mae bod yn rhan o fyd Y Pump wedi bod yn fraint arbennig iawn. Diolch hefyd i'r awduron a'r cyd-awduron eraill am eu hysbrydoliaeth ac am sicrhau fod y profiad hwn yn un hyfryd o fythgofiadwy. Mae fy ngwerthfawrogiad hefyd yn fawr iawn i Meinir Wyn Edwards am ei golygu craff a'i sylwadau doeth.

Hoffwn ddiolch i Beatrice Edwards am ei barn werthfawr ac am fod mor hael efo'i hamser. Diolch o galon iddi am fod mor onest a hawddgar wrth rannu ei phrofiadau efo Maisie a finnau, ac am ei hamynedd wrth ateb ein cwestiynau er mwyn sicrhau ein bod yn gwneud cyfiawnder â stori Cat.

Diolch hefyd i Lenyddiaeth Cymru am Ysgoloriaeth Awdur Newydd a Chynllun Mentora Llenyddiaeth Cymru, a noddir gan y Loteri Genedlaethol trwy Gyngor Celfyddydau Cymru.

MEGAN ANGHARAD HUNTER

CREU Y PUMP

MAISIE AWEN

Nofel Cat yw'r nofel gyntaf dwi wedi gweithio arni, felly doeddwn i ddim yn gwybod beth i'w ddisgwyl o'r broses greu. Oherwydd y pandemig roedd popeth yn gorfod digwydd ar-lein, ond roedd y broses yn bleserus ac yn ddidrafferth.

Fe wnaeth gweithio ar y nofel fy helpu i lot i deimlo mewn cysylltiad â phobl a fy nghymell i fod yn greadigol, a oedd yn anodd i mi trwy'r cyfnodau clo. Roedd pob awdur a chyd-awdur mor gyffrous am y nofelau, ac roedd gallu trafod a chymharu profiadau dros Zoom yn un o'r pethau pwysicaf i fi achos roedd stori'r Pump yn gyfrinachol, ac roedd e fel petawn i'n aelod o glwb cudd!

Yn bersonol, pan glywais am y materion sydd yn nofel Cat ges i damaid bach o fraw achos roedd rhai agweddau do'n i ddim yn gwybod lot amdanyn nhw, felly roedd tipyn o ddysgu i'w wneud. Dwi wedi dysgu cymaint wrth weithio ar Cat, am y pethau ffeithiol a hefyd am fywydau pobl ifanc sy'n dioddef o salwch a'r effaith mae'n gallu ei gael ar deulu, ffrindiau a chymdeithas. A dwi'n gweld, wrth ddarllen y nofel, gymaint o fy mhrofiadau i yn stori Cat.

Pan ddarllenais y drafft cyntaf o'r bennod gyntaf, wnes i gwmpo mewn cariad â chymeriad Cat. Roedd hi mor sarcastig a doniol ac roedd hi mor gryf, a doedd y salwch ddim yn newid y ffaith ei bod hi'n ferch yn ei harddegau sy'n *sassy* a hyderus ac yn gweithio mas sut mae'n teimlo am y byd a pherthnasau a chariad. Fel rhywun gafodd ei magu yng Nghymru, mynd i ysgolion Cymraeg a chael llyfrgelloedd llawn llyfrau, doedd dim un cymeriad mewn nofel y gallwn i uniaethu â hi, yn enwedig yn fy arddegau cynnar. Doedd dim i adlewyrchu beth oedd bywyd ac ysgol, a doedd dim safbwyntiau amrywiol chwaith. Byddwn i wedi dwli cael rhywbeth fel Y Pump achos mae'r nofelau'n adlewyrchiad perffaith o realiti bywyd ysgol yng Nghymru heddiw.

Mae'r straeon yma'n bwysig i atgoffa pobl ifanc, yn enwedig mewn ardaloedd gwledig, taw nid nhw yw'r unig rai sy'n wahanol, neu'n teimlo nad ydyn nhw'n ffitio i'r gymuned maen nhw'n rhan ohoni. A'r peth mwyaf pwysig am y cymeriadau yw'r ffaith eu bod nhw'n lleisiau Cymraeg. Mae wedi bod yn bleser llwyr cael bod yn rhan o greu rhywbeth dwi'n gwybod fydd yn hanfodol i wneud i bobl ifanc deimlo eu bod yn perthyn. Dwi'n credu dyle pawb mewn ysgolion uwchradd ddarllen llyfrau'r Pump, a dwi'n genfigennus na ches i ddim y siawns bryd hynny!

Hoffwn ddiolch yn fawr i fy nghariad, Lily, a fy mam, Molara, am fy nghefnogi drwy'r broses.

PROLOG

MANON STEFFAN ROS

Yn y dref hon...

Yn y dref hon, lle mae'r craciau yn y pafin yn wythiennau dan ein traed. Lle mae'r gwylanod yn pigo'r lliwiau o chwd y noson gynt ar fore dydd Sul, a'r siwrwd poteli'n sgleinio'n dlws wrth reilings y parc. Lle mae'r môr yn las neu'n wyrdd neu'n arian neu'n llwyd, yn anadlu'n rhewllyd dros y strydoedd a'r tai.

Dwi'n nabod fan hyn. Dwi'n nabod y bobol, heb orfod gwybod eu henwau na thorri gair efo nhw. Dwi'n eu nabod nhw fel dwi'n nabod y graffiti ar y bus shelter, a chloc y dre sy'n deud ers pymtheg mlynedd ei bod hi'n ugain munud i naw. Mae'r bobol yn perthyn i'r dref gymaint â'r ffyrdd, yr adeiladau, yr hanes.

Mae 'na bump sy'n bodoli yn fama fel rhes o oleuadau stryd.

Weithiau, maen nhw ar eu pennau eu hunain, wedi'u lapio yn eu cotiau neu dan eu hwds yn erbyn y tywydd a'r trwbwl, a'u clustffonau bychain yn mygu synau'r byd. Ond weithiau, maen nhw'n ddau neu'n dri neu'n bedwar neu'n bump – a dyna pryd maen nhw ar eu gorau.

Sŵn olwynion cadair olwyn fel ochenaid o ryddhad ar y pafin, bron ar goll dan alaw chwerthin y ffrindiau. Cip swil rhwng dau, a llygaid yn mynegi mwy nag unrhyw gyffyrddiad. Holl liwiau'r galon mewn sgarffiau hirion, meddal.

Mae'r rhain yn wahanol, y Pump yma, ond yn wahanol i beth, mewn difri? Weithiau, does dim ond angen gwên i wneud i chi sefyll allan.

Fraich ym mraich, pen un ar ysgwydd un arall, gwên gyfrin, sgwrs-hanner-sibrwd, jôc fudr a chwerthin aflafar. Ffrindiau gorau. Mae'r dref yma wedi gweld cenedlaethau ohonyn nhw, clymau tyn o gyfeillion, yn rhy ifanc i wybod mai'r rhain ydy'r ffrindiau gorau gawn nhw byth. Yn rhy ifanc i wybod mai pwy ydyn nhw rŵan, yn ansicr ac yn amherffaith a heb gyfaddawdu ar ddim, ydy'r fersiynau gorau ohonyn nhw fydd yn bodoli.

Yn y dref hon...

Maen nhw'n herio ac yn harmoneiddio. Yn llawen ac yn lleddf. Yn ffraeo, yn ffrindiau, mor doredig â'r craciau yn y pafin ac mor berffaith â'r blodau bychain sy'n tyfu allan ohonyn nhw.

Mae'r dref hon, rŵan, yn perthyn iddyn nhw.

1

MA HYN YN weird, iawn, ond dwi ddim yn meddwl mod i fel, yn gwbod digon am y môr?

Probably achos ma Ms Huws yn athrawes Daear shit (lol sori, Miss. Ond onest, ma'n anodd canolbwyntio ar rywun yn siarad pan ti'n trio osgoi'r spitfire. Literally, fel, yn *llythrennol*. A dwi'n ista yn yr ail res! Sut ma arwyr Ysgol Gyfun Llwyd yn y rhes ffrynt yn goroesi?!). Ond dwi'n gwbod rhai petha pwysig, fel:

- Ma'r coral reef yn Awstralia yn marw.
- Ma 'na fagia plastig yn mynd yn styc mewn crwbanod môr (lyfio'r gair 'crwban') a maen nhw'n marw.
- Basically, ma'r môr i gyd yn marw.
- A dydy hyn sort of ddim yn mynd efo'r thema drist lol OND ma 'na harp seals ciwt yn yr Arctic – 'nes i adoptio, mabwysiadu un am flwyddyn pan o'n i'n

7 oed. Dwi dal efo'r tegan meddal na'th ddod efo'r bocs mabwysiadu. 'Nes i alw fo'n Cwtsh achos o'n i'n rhedeg allan o enwa normal ar gyfer tegana meddal fi i gyd. Mae o'n aros o dan gwely fi bob nos a wedyn, fel vampire fflyffi, dwi'n nôl o allan weithia pan dwi angen o, pan ma pawb arall yn cysgu. Neu mwy fel, pan ma Aron yn cysgu, Mam a Dad yn siarad amdana fi, probably, a Guto'n messagio Sophie. Probably. A yup, dwi'n gwbod ma'n pathetig, ffrigin *angen* tegan meddal pan ti bron yn 17 (lol be ffwwwwc) ond pan dwi'n gafael yn Cwtsh, dwi'n teimlo fel y Cat 7 oed oedd ddim isio brifo teimlada tegana hi os oedd hi'n hygio un yn hirach na un arall. 'Nes i *actually* neud rota cwtsh a sgwennu fo allan ar wal fi, fel, be ffwc?! Ond ma Dad yn deud bod hynna'n ciwt. Ma Mam yn deud bod o'n freaky. A ma Guto'n deud bod o'n fucky, ond ma Guto'n deud fod bob dim dwi'n neud yn fucky.

fucky (fuh • ki) *ansoddair 1. Fersiwn hwyl ac ysgafn o 'fucked up'. 2. Rhywbeth sy'n rhyfedd neu'n anarferol, ond mewn ffordd ddoniol.*

Dwi 'di trio ffeindio gair Cymraeg sy'n neud justice

– neud cyfiawnder – â fucky ond heb lwyddo eto. A dwi *yn* trio ffeindio un – dwi wedi lawrlwytho ap Geiriadur Cymraeg ers mis Ebrill achos dwi 'di cael digon o weld pobl posh Cymraeg Cymraeg, fel, Steddfod Cymraeg, yn sbio arna fi'n stunned, yn hollol hurt pan dwi'n dechra siarad Cymraeg efo nhw. So os dwi'n dysgu sut i siarad Cymraeg yn well na plant gwyn nhw, fydda i'n rhoi sioc mor fawr iddyn nhw, fyddan nhw byth yn meddwl fod lliw croen rhywun yn gallu fel, penderfynu pa iaith ma rhywun yn gallu siarad byth, *byth* eto.

Dwi'n gadael reiling fetel y prom i fynd ac ma 'na chydig o'r paent gwyn yn plicio i ffwrdd a disgyn ar treinyrs fi yn ara, fel deilen yn chillio ar y ffordd lawr i'r ddaear. Dwi'n gallu teimlo'r haul ar gefn gwddw fi ('nes i neud plaits yn wig fi bore 'ma) a ma hyn yn swnio mor ffrigin rhyfedd lol, ond dwi'n teimlo'n fortunate, yn lwcus achos dwi'n gwbod mor amazing ma'r haul yn teimlo? (lol be ffwc) A lwcus achos fel, dwi'n gwbod, dwi'n actually *cofio* gwbod bod cynhesrwydd haul yn wahanol i gynhesrwydd radiator neu bath neu ffôn yn overheatio neu toaster neu bwyd yn y microwave. Achos fel, dwi'n gweld lot o bobl yn mynd â ci nhw am dro neu'n rhedeg ar y prom bob dydd ond dwi ddim wedi gweld *un* ohonan nhw'n stopio a sbio i fyny ar yr haul (pan mae o actually allan. So byth, basically. Diolch,

Cymru.), fel tasan nhw'n gwbod, fel fi, fel, yn gwbod pa mor lwcus ydyn nhw?

> ### Tasa fi'n gallu messagio'r gwynt
>
> CAT'X
>
> Hai. Jyst isio deud, dwi ddim yn meddwl ti'n symud gwallt fi yn yr un ffordd â gwallt pawb arall? I mean, even pan o'n i efo gwallt.
> Achos ti'n chwythu gwallt fi i fewn i ngheg i a dros llygaid fi so dwi'n methu gweld a wedyn dwi ofn sbio ar adlewyrchiad fi fy hun mewn ffenest car neu whatever a sylweddoli dwi'n llanast a dechra crio lol (ond fyswn i byth yn crio go iawn – dwi actually ddim mor pathetig â hynna!!). So yeah. Diolch gwynt xx

Ym. Be ffwc, Cat?? Ti'n actually smalio cael convo efo'r *gwynt*??! I mean, you do you, ond ella bod hyn yn gwthio chydig baaach gormod? Ella?

Whatever. Ma'n cŵl, ma hyn yn chill. Ti angen dathlu fuckyness chdi weithia.

> CAT'X
>
> a btw dwi ddim yn casáu chdi, ok?? Jyst gofyn *pam* dwi, achos, onest, dwi rili *isio* i chdi chwythu gwallt fi dros wyneb fi eto! Rili, rili isio. Ond fel, gwallt FI, gwallt cyrls amazing fi, gwallt *fi*, nid gwallt wig. So yeah, ga i hynna eto pliiiis achos dwi isio stresio am y petha bach, gwirion felna fel Facetimio efo ffrindia tan 1am ar noson ysgol a stresio am gwaith cartra Ffis a spitfire Ms Huws a

gwrando ar Mam yn gweiddi am y bras budur
dros cadair desg fi a gweiddi ar Guto achos mae
o 'di gorffen y Coco Pops i gyd even though mae
o'n *gwbod* na Coco Pops ydy hoff cereal fi a cael
rants hir efo Aniq am y range pathetig o skin
tones yn adran colur Boots yng nghanol y dre a
omg be os ma Mam yn ffeindio vibrator fi (lol 'nes
i actually sneakio fo i fewn i'r sbyty mis dwytha.
Ond dwi *ddim* yn teimlo cywilydd am hynna
though achos ma 'na lot o ymchwil yn deud bod
masturbation yn actually helpu chdi i gysgu a
helpu cael gwared ar stres – dau beth sy'n anodd
neud mewn sbyty) a nid,

nid be os fyddan nhw ddim yn hapus efo bone
marrow biopsy fi a fydda i angen cael bone
marrow transplant a be os fydd Guto *na* Aron yn
match i fi a be os fydd neb yn y *byd* yn match i fi
a shit dwi dal heb gael period fi a be os dwi dal
methu rhoi pwysa ymlaen a angen feeding tube
yn trwyn fi a wedyn fydda i angen gwisgo masg ar
wyneb fi *a* wig.

Yeah.

Ond eniwei, dwi actually *yn* caru wigs fi, onest,
achos 'nes i ddewis nhw a ma lliwia nhw'n fucky
(yn ôl Gut, a dwi'n cytuno. Obviously. Wrth gwrs).
A ma'n amazing fod neb byth yn gofyn i gyffwrdd
gwallt fi gymaint rŵan. Mae o'n fucked up though,
achos rŵan ma gwallt fi'n ffug a lliwgar a fucky
does 'na neb yn gofyn i gael twtsiad o, heblaw
Tim lol. Ond cyn i Mam siafio fo i ffwrdd, oedd
pobl random yn twtsiad gwallt fi yn yr ysgol a
ganol y dre a bob man, fel oedd gwallt fi'n object,
yn fel gwrthrych ar display neu rywbeth dwi'n rhoi
allan yna *ar gyfer* pobl eraill. Achos fel, fyswn i

byth yn twtsiad gwallt ginger hogan gwyn sy'n sefyll o flaen fi mewn ciw. Byth!! Fyswn i ddim yn even, ddim hyd yn oed yn *gofyn* "Omg ga i gyffwrdd gwallt chdi plis??" neu whatever.

Yup. Ma 'na ormod o stwff am y dre 'ma sy'n fucked up.

2

DWI'N TYNNU FFÔN fi allan o boced cefn jîns fi (bydd yr athrawon lot mwy chilled efo rheola heddiw achos heddiw ydy'r diwrnod ola). *Diwrnod. Ola.* Diwrnod ola ni yn Ysgol Gyfun Llwyd. Am byth wow *stopia* ac agor Snapchat i dynnu selfie o'r ongl mwya flattering sy'n neud i fi edrych fel dwi efo pedwar double chin. Dwi'n teipio capsiyn i'r llun a gyrru fo at Group Chat y Pump.

> ☹ Y Pump ☺
>
> CAT'X
> yooo dwi ar y ffordd!!! hyped i fod efon gilydd eto!!

Bai Guto ydy o mod i 'di dechra deud 'yo' non-ironically. Dim eironi o gwbl. Diolch G x

> ☹ Y Pump ☺
>
> BRYAN_TAMI
> cat omg! aaaaa dwi mor hapus tin gallu dod heddi
> ♡ sain credu ni am fod dan gilydd yn yr ysgol am
> y tro ola :,(
> CAT'X
> same tams :(((

```
_ROBXN
  | na finna!! ia weird de??
_ROBXN
  | A CAAAAT!!! Ga ir hyg cynta plis plis plis?
CAT'X
  | obvs
ANIQMSD
  | waw methu DISGWL gweld chdi :,)
CAT'X
  | saaame gweld chi wedyn xxx
```

Ma Tim yn dechra teipio ond dydy o ddim yn deud dim byd (help!!).

Soooo

TikTok. Dwi'n agor TikTok a sgrolio trwy fideos flowxr_womxn. flowxr_womxn ydy fel, comfort blanket fi. Er enghraifft: tua wythnos yn ôl na'th hi roi cyfres o fideos addysgiadol i fyny am genod du amazing yn hanes Prydain ac oedd un ohonyn nhw am ddynes o Butetown, Caerdydd o'r enw Betty Campbell. Doedd teulu hi ddim efo lot ond na'th hynna ddim stopio hi achos hi oedd y pennaeth ysgol du cyntaf yng Nghymru *erioed* a fel, yr unig beth dwi'n cofio dysgu yn gwersi Hanes ydy fod Harri Tudur yn Gymro... fel, be *ffwc*?!!

51 munud ar ôl

Ar ôl sgrolio trwy TikTok am fel pum munud (neu ella awr lol... ma amser yn stopio bodoli pan ti ar TikTok), dwi'n dechra'r countdown ar ffôn fi. Ma bysedd fi'n ysgwyd gymaint maen nhw 'di mynd yn blurry so dwi'n araf yn gosod y timer (Ti'n gallu. Ti'n *gallu* neud hyn.). Dwi'n agor Snapchat eto a dechra teipio yn y Group Chat,

☹ Y Pump ☺
CAT'X
⎸ dwin hyped i weld chi ond sort of ofn mynd nol lol

ond wedyn dwi fel, na. No way!! Achos os dwi'n gyrru hynna byddan nhw fel, yn teimlo bechod drosta fi (ewww). Dwi ddim isio neud iddyn nhw deimlo'n awkward (dim diolch) a meddwl bo' nhw'n gorfod edrych ar ôl fi (nope). No way!! Delete delete delete.

49 munud ar ôl

So dwi'n troi i ffwrdd o'r môr i ddechra cerdded adra.

Ar ôl croesi'r lôn a pasio Inkahoots, y stiwdio tatŵs rownd y gornel, dwi'n agor zip poced côt fi so dwi'n gallu cyffwrdd yr origamis i gyd. Wel, dim i *gyd*, ond fa'ma ma'r anifeiliaid bach dwi wedi neud i fel, cynrychioli Tami, Robyn, Aniq a Tim. Y Pump fel anifeiliaid papur (sy wedi crychu i gyd rŵan achos dwi'n gafael ynddyn nhw'n rhy aml. Wps):

Robyn: Panda achos ma hi'n gallu neud i fi chwerthin jyst wrth sbio arni hi ac yn barod am gwtsh *bob tro*.

Tami: Llwynog achos ma hi'n glyfar mewn ffordd sy bron yn intimidating, bron yn dychryn fi lol, a ma steil hi yn *amazing*.

Aniq: Pilipala achos dwi'n caru be ma hi'n neud efo lliwia a ma egni hi'n styning. Hi ydy un o'r bobl mwya ffeind yn y byd, seriously.

Tim: Crwban môr. Mae o'n dawel ond dim ots achos mae'i lygaid o'n deud *gymaint* (dwi ddim yn meddwl bod o'n gwbod hynna though), so mae o efo vibe hen ddyn tyner (ond dwi byth am ddeud hynna wrtha fo). Fo ydy'r person mwya genuine ac onest dwi'n nabod, dwi'n meddwl.

Fi: Cath, yr origami cynta un 'nes i ar y diwrnod cynta o cycle cynta cemo. Dwi'n cofio Guto'n prynu'r cit origami i fi o siop y sbyty, ddim achos o'n i'n licio origami (o'n i barely 'di clywed amdano fo!) ond achos na'th o ddeud wedyn na dyna oedd y peth mwya lliwgar yn y siop – bocs efo 100 papur bach sgwâr, y patrwm a'r siapia a'r lliwia yn wahanol i bob un.

A rŵan, diolch i'r tutorials ar TikTok a YouTube, dwi bron â gorffen y papura bach neis i gyd so dwi 'di dechra defnyddio post-its. Ond ma papur y gath yn styning, efo dail melyn drosto fo a swirls gwyn yn y dail. Mae o'n hen a crychlyd rŵan though fel croen cath Siamese sy wedi sunbathio gormod, ond dwi'n meddwl mae o dal yn trio cadw'i shit fo at ei gilydd.

(Yup. Ti'n gallu. Ti *yn* gallu neud hyn!)

43 munud ar ôl

Dwi'n swingio coesa fi dros y wal fach goncrit (ma'r giât wedi malu eniwei) a pan dwi'n tynnu llaw allan o poced fi i agor drws y tŷ, dwi'n teimlo pig bach aderyn origami. Swallow – ma ap Geiriadur Cymraeg fi'n deud na gwennol ydy o. Gwennol.

Gwennol Birdie, wrth *gwrs*

(help help help).

Ond yn lle gafael ynddi hi

(help),

dwi'n gadael hi ddisgyn i waelod poced fi, i aros yn saff o dan yr origamis eraill.

42 munud ar ôl

Pan dwi'n sbio drwy'r ffenest dwi'n gallu gweld Mam ac Aron wrth y bwrdd. Ma Aron yn sefyll ar gadair lol, llanast coch rownd ceg fo, a ma Mam yn trio fforsio fo i fyta'r tost a jam yn lle defnyddio'r jam fel foundation. Even o fa'ma, dwi'n gallu gweld blob o jam yn sgleinio yn ffrinj Mam. Pump oed ydy Aron bechod so mae o'n neud llanast o'r tŷ pan dydy o ddim yn llanast ei hunan, ac yn chwilfrydig am *bob dim*, fel ma'r byd i gyd yn gyffrous a terrifying ac amazing ar yr un pryd. Fel, dydd Sadwrn na'th o neud rhywbeth sydd wedi neud i fi sort of trio licio'r gwallt fuzzy sy 'di dechra tyfu ar pen fi ers i fi orffen cemo:

1. Dwi'n cofio ista wrth y bwrdd efo Aron, fi ar trydydd ymgais fi i neud jiráff origami ac Aron yn yfed orange juice a swingio coesa fo'n ôl a mlaen so bod sgidia fo'n tapio ar goesa cadair o eto ac eto.

2. Na'th Aron bwyso dros y bwrdd so bod o bron yn gorwedd arno fo fel boogie board a tapio mhen i efo llaw bach stici fo a deud, "Gwallt dandelion."

3. 'Nes i chwerthin, ac ar ôl i fi orffen y trydydd jiráff (oedd yn edrych fel anifail *go iawn*, onest!!) 'nes i roi o iddo fo.

4. Wedyn ddoe, pan o'n i'n dal yn y gwely (yn gwylio *Euphoria* ar ffôn fi eto, dwi'n meddwl) na'th Aron ddod i mewn i stafell fi efo mỳg BGT yn llawn dant y llew blewog a dŵr wedi llenwi at y top.

5. 'Nes i roi ffôn fi lawr i roi cwtsh iddo fo a cosi fo achos dwi'n lyfio gwrando arno fo'n chwerthin.

6. A rŵan ma rhai o'r hada wedi disgyn a chwythu dros carped fi ond dwi'n licio hynna achos ma'n neud i stafell wely fi sort of edrych fel stafell tu allan.

7. A rŵan dwi'n meddwl dwi'n sort of licio gwallt fuzzy fi?! Dwi ddim yn licio fo digon i gerdded i fewn i'r ysgol am y tro cynta ers wythnosa heb wig though (NOPE), achos dwi dal yn *hyll* a ddim yn edrych fel fi. Ond dwi'n licio bod o'n sofft a meddal a fel, ma hynna sort of yn well na gorwedd ar lawr bathrwm yn crio, dwi'n meddwl?? So diolch, Ar, caru chdi <3

Dwi'n methu fforddio cael jam yn hoff wig fi cyn ysgol, so dwi'n mynd rownd i'r drws cefn lle ma Mal yn bownsio rownd coesa fi fel ffroth, fel ewyn tonna sy'n gallu cyfarth lol. Marshmallow ydy enw llawn o achos mae o'n edrych fel marshmallow sy'n toddi, ond ma pawb yn galw fo'n Mal.

"Ista," medda fi. Dydy o ddim yn ista. Ma Gut a fi wedi

trio hyfforddi fo ers oedd o'n puppy heb ddim lwc, ond heddiw ydy diwrnod ola fi'n yr ysgol (!!!) so pam ddim trio am wyrth *un* waith eto, rhag ofn?

Ella dim ond Saesneg mae o'n deall? So dwi'n trio, "Sit."

Nope. Wrth *gwrs* dydy o ddim yn deall Saesneg, Cat. What an idiot.

Dwi'n codi hanner asgwrn silicon o'r gwair a'i daflu fo tu ôl i'r trampolîn i fi gael llonydd i fynd i mewn i'r tŷ heb Mal yn dilyn fi a dechra piso ar y llawr. Ci da ydy o go iawn though, bechod. Mae o'n methu helpu bod yn incontinent na'di ('anymataliol' ydy hynna'n Gymraeg lol).

36 munud ar ôl

Makeup, colur: diolch am fodoli <3

Dwi'n symud cadair desg fi at y sìl ffenest lle ma colur fi i gyd, wedyn dwi'n neud rwtîn dyddiol fi:

1. Gwasgu drop o primer ar bys fi i roi ar pont trwyn fi a rownd y llygaid.
2. Aeliau. Na'th o gymryd tua deg fideo YouTube a lot o breakdowns i fi ddysgu sut i neud aeliau newydd i fi fy hun sy ddim yn edrych fel dwi wedi trio sticio dau tic Nike ben i waered uwchben llygaid fi.

Ond dwi'n dal i basically ddefnyddio hanner potel o makeup remover bob diwrnod tan dwi'n neud aeliau sy'n sort of edrych yn OK ella gobeithio plis pliiis gobeithio??

3. Llygaid. Heddiw dwi'n dewis eyeshadow niwtral a gwisgo eyeliner piws ar ben hynna, i fatsio'r wig.

4. Rhoi dollop (sori ond dwi ddim yn gallu ffeindio gair Cymraeg dwi'n licio gymaint â 'dollop') o foundation ar gefn llaw fi a dewis brwsh sy ddim yn edrych yn afiach (dwi mor ffrigin ddiog pan ma'n dod i llnau brwshys makeup fi. Ella dyna pam ma nghroen i mor shit lol).

5. Blendio concealer i fewn o dan y llygaid, uwchben aeliau fi ac ar y sbotia i gyd.

6. Defnyddio angled brush i roi highlighter o dan aeliau fi, chydig yn agosach at tearducts llygaid ac ar trwyn a cheekbones fi.

7. Fake eyelashes. Dwi'n casáu gwisgo nhw ond dwi ddim am adael y tŷ heb amrannau (!!).

8. Dewis lipstick lliw naturiol fel yr eyeshadow a wedyn gorffen efo powder a setting spray.

Cyn i fi golli ngwallt, o'n i byth yn gwisgo gymaint â hyn o makeup achos o'n i'n sort of caru gwallt fi ac amrannau ac aeliau fi (dwi'n gwbod ma'n weird caru aeliau ac amrannau lol, ond o'n i ddim angen llenwi aeliau fi i fewn *byth*, dim ond plycio weithia – dyna pa mor amazing oeddan nhw!!) so o'n i fel, ma wyneb fi'n chill neu whatever. Ond rŵan dwi ddim efo gwallt amazing fi i garu a dwi sort of *ddim* yn caru sbotia fi na'r dannedd top chwith sy'n wonky ac yn anghyson na nghlustia fi sy ella probably 100% rhy fawr, so dwi sort of *angen* colur fi rŵan? So efo wig a colur dwi'n gallu sbio yn y drych heb sgrechian (mor ddramatig be ffwwwc) a gadael y tŷ heb fod yn paranoid bob tro ma rhywun yn chwerthin achos be os ma'n chwerthin am ben wyneb fi??

Ond dwi yn, dwi fel, yn *gweld*, yn gweld y judgio yn llygaid y Slayers pan dwi'n cerdded trwy'r coridora. Ond ma Robyn yn deud bob tro bod o ddim ots be ma'r Slayers yn feddwl a does 'na ddim pwynt i fi roi sylw iddyn nhw achos dydyn nhw ddim yn *haeddu*'n sylw ni.

Hell *yes*, Robyn.

24 munud ar ôl

Dwi'n barod.
dwi'n…
dwi'n barod??

(Help.)

Dwi'n cymryd selfies o un ongl a wedyn ongl arall a wedyn dwi'n symud 'nôl at y ffenest i gael gola gwell.

Wedyn dwi'n sgrolio a sgrolio a sgrolio a mynd 'nôl i'r dechra a trio rhai ffilters.

Pa un? Dau? Dwi'n dewis un o fi'n gwenu ac un arall lle dwi ddim – un ciwt, un sexy lol. Ma bysedd fi'n crynu ac yn blurry eto so dwi'n rhoi ffôn fi i lawr am eiliad bach i calmio lawr, i drio ymlacio so dwi ddim yn tapio 'share' ar ddamwain cyn sgwennu capsiyn call (na na naaa fysa bywyd fi drosodd!!!).

Achos fel,

achos hwn fydd y llun cynta (cynta. *cynta*!!!)

i fi bostio ar Instagram ers… mis Mehefin? Ia. Ers i fi ddechra cemo. *Whaaat??*

Ond ma heddiw'n wahanol achos Diwrnod Olaf™ (heeeelp) a dwi 'di perswadio Mam a Dad i adael i fi fynd 'nôl am y tro cynta ers misoedd so… ffyc it. Achos fel, ar ôl heddiw ella dwi byth am weld lot o'r bobl yma byth eto eniwei (woooow be ffwc *wow*) so dwi *ddim* am adael i'r ofn o judgement, beirniadaeth *neb* stopio fi bostio selfie.

No. Ffrigin. Wei.

So. Share.

21 munud ar ôl

Ar ôl postio'r llun ma'n cymryd amser hiiir i fi ymlacio digon i dynnu'r sana gwyn a gwisgo hoff sana fi: *sana coala*. Fflyffi a sparkly a wyneb coala'n gwenu ar bob un lol, pen y ddau lle ma bysedd traed fi.

So, dwi'n gwisgo'r sana coala rŵan achos fel, even pan ma sgidia fi'n cuddio nhw, ma meddwl am y ddau goala bach hapus yn gwenu ar traed fi yn neud fi'n hapus hefyd (Cat. Ti bron yn 17. Tyfa fyny). *Onest* though!! Ma'u llygaid nhw wedi cau so ma'n edrych fel tasan nhw'n breuddwydio am... dwi ddim yn gwbod be ma coalas yn breuddwydio am lol, ond rhywbeth sy'n neud nhw'n hapus. Blissful. Dedwydd.

A ma gwbod bod 'na ddau goala bach dedwydd ar traed fi yn neud i fi deimlo'n sort of hapus hefyd, I guess (be *ffwc*?!).

Yup. Fel ar New Year's Day.

Achos roedd New Year's mor shit dwi'n gorfod fel, torri'r diwrnod i gyd i lawr so dwi'n meddwl amdano fo fel rhestr. Dwi'n licio neud rhestrau rŵan achos ma'n sort of helpu fi i fod mewn rheolaeth, dwi'n meddwl? Fel, os dwi'n teimlo'n shit dwi'n neud rhestr yn y bore o stwff fydda i'n gallu neud yn ystod y diwrnod, even petha bach fel diolch i Mam neu frwsio dannedd, achos wedyn, pan dwi'n sgriblo nhw allan, ma'n teimlo fel tasa fi 'di neud rhywbeth pwysig, fel fi sy'n rheoli bywyd fy hun eto.

A ma'n swnio'n stiwpid, swnio'n wirion, ond dwi'n licio neud yr un peth pan dwi'n meddwl, achos os dwi'n neud meddylia fi i gyd yn drefnus fel'na, does 'na ddim byd annisgwyl a brawychus yn dod i fewn i pen fi? Dyna dwi'n meddwl, eniwei.

So. Pan dwi'n meddwl am New Year's dwi'n licio meddwl amdano fo fel'ma:

- 'Nes i fenthyg y sana coala i Tim cyn Dolig achos oedd o'n stresio am mocs a o'n i ddim yn neud mocs so o'n i ddim angen nhw gymaint.
- O'n i'n gorfod aros yn y sbyty dros New Year's, ond o'n i rhy out of it, rhy allan ohoni ar meds i wbod pa mor shit oedd o ar y pryd.
- Ond dwi'n sort of cofio Tim yn dod a gorwedd i lawr wrth ymyl fi am amser hir even though does 'na ddim digon o le i Aron a fi fod yn gyfforddus mewn gwely yn y sbyty a dwi'n cofio gweld y '???' meme yn pen fi achos o'n i'n methu deall sut oedd o'n gallu aros yn yr un lle ar ochr gwely fi heb fod mewn poen, basically. Rŵan pan dwi'n dychmygu fo'n gorwedd ar ochr gwely fi, dwi'n gweld o efo un

fraich a un goes yn hongian o ochr y gwely fel seren fôr lol. Wedyn dwi'n gallu dychmygu nyrs yn gweld Tim yn gorwedd fel'na a gweld y '???' meme yn pen hi hefyd. Os mae hi'n student nurse sy'n actually gwbod be ydy'r '???' meme, I guess.

- So na'th o aros yna er gwaetha hynna i gyd. Ac o'n i'n rhy allan ohoni i grio ond o'n i isio crio achos (tyfa i fynyyy), achos oedd Tim wedi methu New Year's i fod fan'na. *Fan'na.* Efo *fi*!
- (ar ôl be dwi 'di neud iddo fo. Be dwi 'di deud…)
- Na'th o *dal* aros.
- *Wow.*
- Eniwei…
- Wedyn dwi'n meddwl mod i'n cofio Tim yn rhoi sana – *sana coala fi* – ar draed fi? Yndw. Dwi'n cofio. 100% yn cofio hynna. Ac oedd o'n neud o mewn ffordd dyner ac ara a dwi'n cofio trio cofio am y tro dwytha oedd rhywun wedi bod mor dyner â hynna efo fi a dwi'n cofio, trio cofio'r tro dwytha i fi deimlo mor *saff*??
- Ond pan 'nes i ddeffro wedyn roedd Tim wedi mynd a nyrs yn cymryd gwaed o'r PICC line yn braich fi a fflysho fo efo sodium chloride wedyn, i stopio reflux gwaed 'nôl fewn i tiwb y PICC. Ma Biol yn fel, OK a

dwi 100% *ddim* yn genius lol, ond dwi'n licio gwbod be'n union sy'n digwydd i nghorff i. Dwi'n meddwl ma'n neud i fi feddwl mod i'n rheoli bob dim sy'n digwydd i fi, even though dwi jyst yn neud be dwi'n gorfod neud? Fel y rhestrau? Yeah, ella.

- Eniwei, pan oedd y nyrs yn fflysho'r PICC dwi'n cofio gallu codi mhen jyst digon i weld top traed fi a gweld dau goala bach ciwt yn gwenu arna fi ben i waered. A 'nes i neud i nhraed i symud fel windscreen wipers so oedd y sparkles yn sparklo. A wedyn o'n i ddim yn teimlo mor shit am fethu New Year's a neud i Tim fethu fo hefyd so oedd o'n gallu gorwedd mewn safle sy'n basically fel artaith Middle Ages efo hogan oedd tua 4.8% byw.

- A dwi'n gwbod. Dwi'n gwbod mor blentynnaidd ydy o i gael obsesiwn efo sana coala sy'n fflyffi a sparkly *a* meddwl bod nhw efo fel healing powers i enaid fi lol, ond dwi *ddim* yn teimlo cywilydd achos maen nhw *yn* helpu fi i ymlacio!! *Onest*!!!

- A dwi hefyd yn gwbod,

- (nope)

- even os dwi'n gallu cael heddwch dros y byd i gyd erbyn blwyddyn nesa *ac* ennill Nobel Prize, fydda i ddim yn haeddu Tim.

3

WI'N SBIO AR ffôn fi, sy'n dal ar y gwely. Dal efo'r cefn i fyny so dim ond y cês dwi'n gallu gweld, y cês silicon efo llunia sloths mewn onesies melyn drosto fo.

A,

a rŵan, heddiw (help), dwi'n gafael

(eww)

gafael yn ffôn fi

(ti'n gallu ti'n gallu)

a sylwi bod braich fi *i gyd* yn blurry wrth i fi godi'r ffôn

a troi o so ma'r sgrin du yn syllu arna fi fel black hole

(hEEEELp)

ac unlockio fo efo bawd fi

ac agor Instagram.

(Ti'n gweld?! Ti'n gallu!!)

A dwi fel,

ym.

405 o Likes. Dros 100 o Likes yn fwy na'r selfie dwytha 'nes i bostio. A 31 Comment yn barod. *31.*

Dwi isio ateb bob un o Comments y Slayers efo emoji codi un bys canol.

Dwi'n cofio pan o'n i'n cael mynd adra o'r diwedd ar ôl cemo cynta yn Liverpool, na'th 'ffrindia' fi ddod i weld fi yn gorwedd ar y soffa yn gwylio *Friends* (ohh the irony) ar Netflix efo Mam. Na'th Mam (wedi cyffroi bechod achos o'n i'n gweld ffrindia ysgol eto o'r diwedd) fynd i'r gegin i neud nachos i ni i gyd. Ma nachos Mam mor dda, dwi dal yn sort of gallu'u mwynhau nhw even rŵan pan ma cemo wedi difetha taste buds fi.

Heb ddeud helô even, dwi'n cofio ogla pyrffiwm drud Cerian – Calvin Klein, ella?? – wrth iddi wasgu wrth ymyl fi ar y soffa a estyn braich hi allan i gael selfie cyn i fi sylweddoli be oedd hi'n neud. O'n i ddim even yn gwisgo wig!! Wedyn dwi'n cofio nhw'n deud petha fel'ma ar draws ei gilydd fel crossfire pan ma Gut yn chwara *Call of Duty*:

"Ma pen bald yn actually edrych yn dda arna chdi."

"Ti dal yn gallu dod i sesh pen-blwydd fi?"

"Methu coelio fod hyn 'di digwydd i *chdi*."

"Ti mor ddewr, Cat!"

"Fyswn i byth yn gallu mynd trw be ti'n mynd trwyddo fo."

"Ti angen neud yoga. Pan oedd anti fi efo breast cancer, na'th hi ddechra neud yoga a ma hi'n meddwl na dyna pam ma hi'n cancer-free 'ŵan."

"Fyswn i'n lyfio cael gymaint o amser off ysgol!"

Dwi ddim yn cofio nhw'n sbio yn llygaid fi *dim un waith*, dim even pan na'th pob un ohonyn nhw roi cwtsh i fi oedd yn rhy gyflym a gwan i fod fel, yn gwtsh go iawn. A pan na'th Mam ddod i fewn efo llosgfynydd o nachos, roeddan nhw wedi mynd.

Na'th Cerian bostio'r selfie ar Instagram y noson yna, a rhoi o ar Story hi ar Snapchat hefyd. O'n i erioed wedi bod mor hyll yn bywyd fi o'r blaen ac roedd Cerian wedi gollwng y llun reit o flaen trwyna bob un o'r 3,472 o Followers hi. Fel, be ffwc?!

Ond be sy'n pisio fi off fwya ydy bo' nhw heb ddod i weld fi ers hynna, ers y selfie. So maen nhw'n haeddu cael ffyc off. Ffyc off *masif.*

Sooo yeah. Basically. Dyna fel, *un* o'r rhesyma pam dwi ddim yn methu'r Slayers.

Ond onest, dwi *ddim* isio drama ar y diwrnod ola, so dwi'n dechra sgrolio trwy'r Comments eto, ac yn gweld un gan Robyn sy'n neud fi mor hapus, dwi'n disgyn 'nôl ar gwely fi ac yn gollwng y ffôn ar y dwfe:

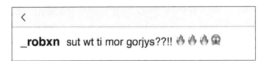

Dwi'n ateb yn syth:

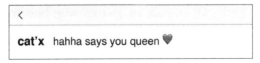

Aaaa rŵan bydd rhaid i fi ateb y Comments eraill i gyd – o'n i 'di anghofio pa mor draining ydy postio llun ar Insta lol. Neu ella 'na i jyst Likeio bob un? Gobeithio fydd hynna ddim yn offendio neb?? Os dwi jyst yn Likeio'r Comments?? Yeahh 'na i jyst Likeio nhw. Ti'n gallu neud hyn, Cat.

(Ti'n *gallu*.)

18 munud ar ôl

Pan dwi'n nôl bag ysgol fi dwi fel, *waw*. Diwrnod ola i fi wisgo bag ysgol heddiw. Diwrnod. Ola (Ti'n gallu ti'n gallu ti'n gallu.). Mae o wedi bod efo fi ers Blwyddyn 9; bag Nike pinc achos o'n i dal yn licio pinc pan o'n i'n 14 oed so dydy o ddim yn steil fi ddim mwy ond ma'r zips dal yn gweithio a mae o dal yn gallu cario fel pump tunnell o bullshit aka llyfra ysgol. Ond heddiw mae o'n ysgafn, yn *rhy* ysgafn – ma fel gwisgo bag llawn balŵns ar cefn fi. What the hell.

Fel llyfra ysgol fi, dwi wedi sgriblo dros y bag mewn beiro du a coch a glas. Ma un o'r sgribls mwya diweddar yn llun bach shit o gath yn gwisgo wig; bob tro dwi'n neud llunia o gathod rŵan dwi'n rhoi wigs arnyn nhw achooooos...

'Cat with a wig'!!!

Dwi lot rhy falch ohono fi fy hun am hynna lol, ond

dwi 'di llwyddo i aros yn dawel amdano fo hyd yma. Dwi'n meddwl na dim ond Tim sy 'di sylweddoli, pan oedd o'n helpu fi efo Maths. Dwi'n cofio gweld o'n sbio ar y dwdl o'n i newydd neud – sort of heb sylwi o'n i'n neud o – yng nghornel top dde y past paper, wrth ymyl cwestiwn am ffeindio maint ongl R mewn triongl efo Pythagoras' Theology (Theology? Theory? Theorem? Neu ella Pi's Theology… dim ots, dwi byth yn gorfod meddwl am ffeindio ongl R byth eto ffyc you ongl R). A na'th o wenu. Na'th Tim *wenu*. Na'th o ddim deud dim byd though a 'nes i ddim deud dim byd chwaith so oeddan ni'n hollol dawel. A dwi'n cofio ysgwyd pen fi chydig bach so fod gwallt wig fi'n disgyn a cuddio wyneb fi, so bod Tim ddim yn gallu gweld mod i'n gwenu hefyd.

16 munud ar ôl

"Ti'n siŵr ti'm isio lifft?" Ma Mam wedi stopio fi ar y ffordd i'r drws am y mandatory cwtsh boreol. Ma hi'n tynnu'i breichia hi i ffwrdd ac yn dechra neud plethen bach yn wig fi.

Ma Mam a fi'r un taldra so achos bod steil ni mor debyg, 'dan ni'n rhannu dillad weithia. Dwi'n meddwl ma hi mwy fel ffrind na actual mam, sy'n *amazing*.

"Dwi 'di deud wrth ffrindia fi 'na i weld nhw wrth y bus shelter. Ti'm isio fi siomi ffrindia fi, na?"

Ma Mam yn gwenu a codi aelia hi so maen nhw'n diflannu yn ffrinj hi, ond ma llygaid hi'n sort of amrwd fel yr oysters, wystrys (omg dwi'n caru deud hynna) ma Gramma Trinidad yn dangos i ni dros Skype weithia. Fel'na ma llais hi pan ma hi'n siarad efo fi rŵan hefyd, ers i'r GP ffonio ym mis Mehefin llynedd, ers iddi ddechra mynd i'r car i gael panic attacks lle ma hi'n meddwl dwi'n methu gweld, ers i teen cancer charity helpu ni allan efo pres tacsi 'nôl a mlaen i sbyty pan na'th hi adael swydd newydd hi i edrych ar ôl fi trwy treatments fi i gyd.

Ers bron *blwyddyn* (!!).

A ma blwyddyn yn amser *lot* rhy hir i chdi gael llais a llygaid amrwd fel'na achos ti fel, mwy vulnerable a bregus pan ti'n amrwd, a dyna sut dwi'n gwbod bod hyn i gyd even yn fwy shit i Mam (a Dad a Guto a ella even Aron, bechod) na mae o i fi.

Dwi'n casáu diagnosis fi am neud i bawb i newid. Even os ma'n newid *da*, achos na'th Dad stopio smocio pan ges i diagnosis fi OK, a chydig ar ôl hynna 'nes i sbio trwy'r drôrs yn y stafell molchi yn chwilio am body wash a 'nes i ddim ffeindio body wash ond 'nes i ffeindio NiQuitin. Nicotine patches. 'Nes i slamio'r drôr so fod o'n neud sŵn crasho dramatig a codi i fyny i gloi drws y bathrwm so fod neb yn gweld fi'n ista ar y tywel damp ar y llawr. Yn *crio*.

Achos dwi'n gwbod ma'n *amazing* fod Dad yn trio quittio o'r diwedd a dwi'n rili browd ohono fo am hynna achos 'dan ni i gyd 'di bod yn begio fo i neud ers blynyddoedd, ond... dwi rili ddim yn gwbod. Dwi'n meddwl o'n i'n ypsét achos oedd o 'di trio newid bywyd o i *fi*? Achos fi? Dim syniad, i fod yn onest. Ond dwi *yn* gwbod hyn: dwi ddim isio Dad wbod mod i'n gwbod am y NiQuitin. Rili ddim. A dwi sort of ddim yn gwbod pam??

(Be ffwc, Cat... ti angen neud dy feddwl i fyny!!)

Ond eniwei, ma hynna a llygaid amrwd Mam yn un o'r miliyna a miliyna o stwff dwi'n casáu sy 'di newid ers Mehefin ond angen byw efo fo bob dydd achos dwi jyst yn *gorfod*. Dwi'n gorfod i Dad. I Mam. I Aron. I Guto. I'r Pump. (I Tim.) Ac i fi, I guess.

Ma Mam yn tycio'r blethen tu ôl i nghlust i a ma llygaid hi'n aros fan'na pan ma hi'n deud, "Ti'n siŵr, darling?"

Dwi'n gwbod bod hi'n poeni os dwi ddim yn cael lifft bydda i 'di blino gormod heno, wedi blino gormod i fynd i'r sesh Leavers. Ond fel, bydd *pawb* yna, sy'n neud i nghalon i fynd 'ymm be ffwc Cat HELP' achos dim ond fel dau barti (neu tri os ma open mic Robyn yn cyfri fel parti... ohhh yeah. Oedd 'na party vibes yn fan'na, 100%) dwi wedi gallu mynd iddyn nhw ers yr haf (!!!) a dwi wedi gwario pres Dolig ar ffrog o Depop ar gyfer y sesh. Ma Mam even wedi cytuno i brynu cans o Raspberry Mojitos i fi a nid jyst Kopparberg Dark Fruits fel oedd hi'n arfer neud a dwi low-key methu methu methu *methu disgwyl* (low-key achos un o'r petha ma lewcemia yn neud yn well na unrhyw beth arall ydy ffwcio cynllunia chdi i fyny. A ma'n ffrigin *anodd* cadw'r cyffro am y parti cynta ers misoedd yn low-key, ond dwi'n trio ngora, onest!!).

"Yndw," medda fi. Dwi 'di dysgu ers misoedd fod 'na ddim *byd* dwi'n gallu deud neith neud i Mam a Dad stopio poeni. Ond dwi'n rhoi cwtsh arall iddi hi, gweiddi, "Caru chdi!" wrth gerdded trwy'r drws a chodi llaw arni drwy'r ffenest efo gymaint o egni ma'n neud i garddwrn fi frifo, a gobeithio *gobeithio* fod hynna'n ddigon i stopio hi feddwl amdana fi bob eiliad o'r diwrnod.

3 munud ar ôl

Dwi'n gallu'u gweld nhw heibio'r wal garreg fach, tu ôl i walia plastig y bus shelter (!!).

2 funud ar ôl

Mae 'na graffiti newydd ar ochr y shelter: dau sbot du a llinell yn neud siâp gwên odanyn nhw. Dwi'n meddwl ma'r glaw 'di sboilio, wedi difetha fo yn barod so ma'r ddau sbot yn fel, yn crio dagra du. Wow. Onest, fyswn i'n caru bod yn ddigon edgy i dynnu llun ohono fo i roi ar Insta lol.

1 munud ar ôl

Ma bob dim dwi isio deud wrthyn nhw a gofyn iddyn nhw a trafod efo nhw a jocio efo nhw yn chwara paintball efo'i gilydd tu fewn i fi waw waw *waw* (!!!!).

4

0 munud ar ôl

PAN MA'R TIMER yn mynd maen nhw'n troi rownd i sbio a jyst fel'na, ma'r byd sort of fel, yn mynd ar Pause?

Ond dydy'r byd ddim yn aros ar Pause am hir achos ma breichia a siôl Robyn yn dynn amdana fi heb i fi sylwi ei bod hi wedi rhedeg ata i o'r shelter. Ohhh shit ma *ogla* body spray hi bron yn ddigon i neud fi grio (aaaa stopia stopia, tyfa *fyny*)! Wedyn dwi'n plygu lawr i roi cwtsh i Tams a (naaa) dwi'n meddwl ma hi'n crio a wedyn dwi *yn* crio (NAAA) a'r ffycin tri gair cynta dwi'n deud wrthyn nhw ydy:

"Makeup fi, *shit.*"

Ond ma Robyn – y lejyyyynd – yn rhoi tishw i fi jyst mewn pryd. Ella Robs sy 'di cymryd lle fi fel Mam y Grŵp (eto, ma Robyn yn deud mod i'n fwy fel 'Anti nyts' na Mam, ond dwi'n meddwl jyst bod yn neis mae hi bechod) a dwi'n meddwl ma wyneb fi'n edrych yn fucky pan dwi'n trio sychu llygaid fi achos ma Aniq yn dechra chwerthin a wedyn *dwi'n* dechra chwerthin achos ma hyn i gyd yn *wir* a dwi yma yn bus shelter ni ar y ffordd i'r ysgol efo pawb go iawn, *for real* a wedyn 'dan ni i gyd yn chwerthin a ti'n gwbod ti'n ffrindia gora efo rhywun pan dach chi'n gallu chwerthin efo'ch gilydd allan o *nunlla*, heb even deud dim byd, a *hwn...*

Hwn ydy'r teimlad gora yn y byd.

Ond wedyn, dim ond ar ôl cael tishw arall gan Robyn i sychu'r dagra chwerthin dwi'n sylwi arno fo. Ar Tim.

(Nope nope ti'n gallu neud hyn, Cat. C'mon. Ti'n gwbod ti'n gallu.)

Mae o'n dal i ista ar y fainc yn y bus shelter, yn gwenu mewn ffordd sort of gwag sy'n neud i fi feddwl bod o wedi trio fforsio'i hun i chwerthin. Dwi ddim yn gwbod pa un ohonan ni ydy'r cyflyma i sbio i ffwrdd pan 'dan ni'n dal llygaid ein gilydd (*stopia.*).

Aaaaaa

(*help*).

Un sgwrs yn y bus shelter mis Hydref. Un diwrnod New Year's shit yn cael ei neud yn llai shit gan rywun yn gorwedd ar gwely fi fel seren fôr. Un sgwrs Facetime na'th bara tan un o'r gloch y bore a neud i fi ollwng y ffôn ar bol fi a syllu i fyny ar un seren fach glow-in-the-dark ar y to am fel, moooor hir. Mor, mor hir.

Yup.

Ma'n fucky though. Fucky sut ma un person yn gallu neud i'r byd i gyd tu allan a tu fewn i chdi jyst fel, *newid*... Troi'r brightness i fyny fel tynnu sbectol haul ar ôl gwisgo fo trwy'r dydd.

Fucky.

"Ym, dwi'n caru'r selfie newydd ar Instagram, Cat!" Tami yn achub y dydd <3. "Ti'n edrych mor bwerus."

Pwerus?! 'Na i gymryd hynna!

Ma Aniq yn plethu'i braich hi yn un Robyn ac yn dechra cerdded at yr ysgol.

"Wyt," medda hi'n galw'n ôl arna fi, "fel babi Billie Eilish a Lizzo!"

Hell yeeees!!

Ond i drio bod yn fwy modest, mwy gwylaidd, dwi'n deud, "Ha ha, I wish." Ma Tim yn dechra gwthio cadair olwyn Tami a dwi'n cerdded wrth ymyl hi.

Dwi'n dangos TikTok newydd flowxr_womxn i Tami a ma hi'n deud bod hi 'di gweld y fideo ar Twitter bore 'ma. *Wrth gwrs* fod Tams yn dilyn flowxr_womxn ar Twitter! Dwi'n owio gymaint i Tams; hi na'th ddeud wrtha i am intersectional feminism yn lle cynta.

Cyn cadw ffôn fi, dwi'n gweld un o hen fideos flowxr_ womxn ar y For You page. Yn y siot gynta ma hi'n siarad i'r camera, ond ma volume fi i lawr so dwi'n darllen y capsiyn, sy'n deud fod *un allan o bob pedair* o genod Affro-Americanaidd dan 18 oed wedi goroesi sexual assault (ymosodiad rhywiol ydy hynna yn Gymraeg). Be *ffwc*?

Dydy fucked up ddim yn even *dechra* disgrifio pa mor afiach ydy hynna.

A wedyn yn y siot nesa ma hi wedi rhoi capsiyn yn amlinellu un math o ymosodiad rhywiol (ma hi'n neud hynna ar ddiwedd lot o'r fideos):

'If you want him to wear a condom, he HAS to comply. If he doesn't wear one and has sex with you anyway, he is doing so WITHOUT YOUR CONSENT and that is ILLEGAL.'

Dwi'n stopio cerdded.

> *Dwi'n gallu teimlo cerrig bach y wal pebble-dash trwy crop top fi.*

Ma'r fideo wedi gorffen ac yn lwpio eto.

> *"Ti mor ffit, ia." Ma'n oer tu allan ond ma dwylo fo'n chwysu.*

Pam... pam ffwc 'dan ni ddim yn dysgu hyn yn yr ysgol??

"Cat?"

Dwi'n sbio i fyny ar Tim a dwi'n teimlo fel tasa fi newydd ddeffro i larwm ffôn fi.

Dwi'n rhoi'r ffôn 'nôl yn poced fi ac yn cau'r zip. "Ym, sori," dwi'n chwerthin achos dwi'n meddwl bod hynna am dynnu'u sylw nhw o'r ffaith fod llais fi'n woblo fel fflag mewn storm. "Dwi'n addicted i TikTok, ha-ha."

"Hei." Ma Tami'n gwenu arna fi ond ma llygaid hi'n atgoffa fi chydig o lygaid Mam bore 'ma. "Ti'n siŵr ti'n OK?"

Dwi'n nodio ac yn gwenu fel 'nes i ar Mam cyn gadael y tŷ – dwi ddim isio risgio hi'n clywed y woblo yn llais fi. Dwi'n cau llygaid fi a trio meddwl be fysa flowxr_womxn yn neud? Be fysa Mam yn neud? Be fysa Gramma Trinidad yn neud? Be fysa babi Billie Eilish a Lizzo yn neud?

(Ti'n gallu ti'n gallu ti'n gallu neud hyn. Ti'n gallu. Ydw i? *Onest*?)

5

D WI DAL HEB gael pen fi rownd na heddiw ydy'r diwrnod ola. *Tro* ola.

- Tro ola'n cerdded i'r ysgol.
- Tro ola'n darllen 'addysg heb gymuned, cymuned heb addysg'.
- Tro ola'n trio osgoi'r Slayers.
- Tro ola'n trio anwybyddu'r BeiblLads.
- Tro ola'n mynd i'r dosbarth cofrestru efo Aniq.
- Tro ola'n clywed Mr Underwood yn deud "Catrin Joseph?" a fi'n deud "Yma."
- Tro ola'n agor zip stiff cês pensilia ac ogla'r pencil shavings a'r inc.
- Tro ola'n trio dojo spitfire Ms Huws.
- Tro ola'n ogleuo tost tu allan i'r cantîn amser egwyl.
- Tro ola'n cerdded ar ffags yn y gwair tu allan i'r bloc Maths.

- Tro ola'n clywed cloch cinio.

- Tro ola'n tynnu cadair i ffwrdd i neud lle i Tami wrth y bwrdd yn y bistro.

- Tro ola'n byta cwstard oer a'r tro ola'n trio anwybyddu'r lympia ynddo fo.

- Tro ola'n sbio fyny ar y goleuada yn y bistro a meddwl *sut* ma nhw'n cyrraedd y to i newid y bylbs pan maen nhw'n malu achos dwi rioed 'di gweld ystol ddigon uchel.

- Tro ola'n trio ddim vomio wrth basio stafell newid yr hogia.

- Tro ola'n gweld genod Blwyddyn 8 neu 9 yn codi bagia nhw dros penna nhw pan ma 'na seagulls yn hedfan heibio.

- Tro ola'n cael gwên a "Ti'n iawn, boi?" gan Sian.

- Tro ola'n gwenu ar Tim a Nedw yn cerdded efo'i gilydd ar hyd y coridor, y ddau yn gwisgo'r un sgidia *Deadpool*.

- Tro ola'n teimlo staen caled glud wedi sychu ar y bwrdd.

- Tro ola'n codi llaw ta-ta ar Robyn a Tami ac Aniq a Tim.

- Tro ola'n deud...

Nope. Dim gweld chi fory. Gweld chi yn y sesh Leavers heno (!!). Dim fory. Dim fory byth, byth eto.

(Be be ffwc be ffwc be *ffwc*?!)

Ti'n gallu neud o. Ti'n gallu, achos ma na *chwech awr* tan hynna!!

卌

Dwi'n clywed y BeiblLads cyn eu gweld nhw:

"Weeee like to drink with Garin, cause Garin is our mate, and when we drink with Garin, he gets it down in 8, 7, 6, 5, 4…" Wedyn mash o glapio a sgrechian a gweiddi bullshit Neanderthalaidd. (Ydy hynna'n air?? Os ddim, dyla fo fod!!)

Wrth i ni gerdded drwy'r giatiau (tro ola!!! HEEELP) dwi'n sylwi ar Garin a'r 'lads' eraill yng ngwaelod yr iard, lle ma'r coed. Maen nhw wedi dechra yfed yn barod ar gyfer heno, wrth *gwrs*. Mor predictable.

"C'mon," medda fi wrth y lleill, a dechra cerdded yn gyflymach. Bydd heddiw'n ddigon anodd *heb* orfod trio anwybyddu gwawdio (gair FFAB) BeiblLads pissed.

"Watch out pawb, ma'r freak show yn ôl!"

Dwi'n troi rownd ac yn barod i ddeud na *fo* fydd yn

gorfod 'watsio allan' os dydy o ddim yn cau ei ffycin geg, y dickhead, ond ma Liam wedi symud at Garin yn barod, yn ysgwyd pen fo a sibrwd rhywbeth dros y cans o Carling. Wedyn ma Liam yn troi. Ac yn *gwenu* arna fi.

> *"Ti efo condom?" medda fi.*

(*Stopia*. Dim ots amdanyn nhw. Ddim yn bwyisg ddim yn bwysig ddim yn bwysig.)

As if dwi angen *fo* i safio fi rhag Garin eniwei!!

Dwi'n agor poced fi i gyffwrdd yn y wennol origami a sbio i fyny, i fyny ar y coed a'r canghenna a'r dail sy'n troi ben i waered yn y gwynt i ddangos yr ochr fwy gola odanyn nhw a'r wifren electric sy'n sownd yn y dail a dim ots dim ots dim ots paid poeni amdanyn nhw, dydy o ddim yn bwysig *dim ots*.

Ma Robyn yn chwifio llaw hi o flaen wyneb fi. "Ground control to Major Cat?"

"Sori," dwi'n tynnu llaw allan o poced fi a dechra cerdded at brif fynedfa'r ysgol efo'r Pump eto (ti'n *gallu*), "dwi mewn mood weird heddiw lol."

Yyyym.

Gobeithio bod y ffaith mod i newydd ddeud 'lol' allan yn uchel yn GYHOEDDUS yn ddigon o dystiolaeth o fod mewn 'mood weird'?! Cat, be *ffwc*.

Ond ma pawb yn deud bo' nhw'n teimlo'n weird hefyd, a Tami even yn admitio, yn cyfadda bod hi wedi crio yn y gawod bore 'ma er bod hi'n casáu bron iawn pob dim am Gyfun Llwyd. Mood.

𝍷

'Dan ni'n llwyddo i osgoi'r Slayers a'r BeiblLads tan y pnawn (hell YES), a'r peth gwaetha sy wedi digwydd ydy Llio Evans yn sgwennu *gweddïo drosta ti xx* ar grys iwnifform ysgol fi. Dim ond unwaith dwi'n cofio siarad efo hi erioed lol, dwi'n meddwl pan 'nes i ofyn os oedd hi wedi neud gwaith cartra Ffis? I mean, dwi'n ddiolchgar bod hi'n meddwl amdana fi ond dwi ddim isio ffeindio iwnifform ysgol fi yn yr atig mewn fel, dau ddeg blwyddyn a cofio am pawb yn teimlo bechod drosta fi. Dwi ddim isio fel, cofnod o'u piti nhw (eww).

So pan 'nes i ddeud hynna i gyd wrth y Pump yn y bistro amser cinio, na'th Robyn fenthyg jympyr hi i fi, un felyn vintage efo tic Nike arni. Dwi moooor lwcus i fod yn ffrindia efo gymaint o lejynds!! Na'th Tams ofyn wedyn os oedd hi'n cael tynnu llun ohono fi i roi ar Story hi achos ma hi'n lyfio lliwia'r wig piws a'r jympyr efo'i gilydd a 'nes i godi dau fys i neud pose peace sign fel ateb. Dwi erioed wedi neud peace sign mewn llun o'r blaen yn bywyd fi so o'n i'n meddwl bysa fo'n neud fi'n berson mwy cŵl yn automatic lol. Ond dwi'n teimlo 'run fath rŵan ag o'n i cyn y llun so dwi ddim yn meddwl bod o 'di gweithio. Ac efo bob eiliad sy'n pasio ma enaid fi'n sort of marw chydig bach mwy achos dwi ddim yn meddwl fod pose peace sign yn cŵl eniwei. I fod yn onest, dwi ddim yn meddwl fod y gair 'cŵl' yn cŵl, even? (Be ffwc lol *stopia*.) Ond eniwei, rŵan dwi'n edrych yn fucky *ac* yn ogla'n amazing. So, diolch Robs <3.

Dim ond y Seremoni Wobrwyo yn y neuadd efo Mr Roberts sy ar ôl rŵan a wedyn byddan ni wedi GORFFEN YSGOL AM BYTH WAW BE FFWC.

Ac am y tro cynta ers deffro bore 'ma, dwi fel, dwi'n meddwl dwi actually *yn* gallu neud hyn?

卄

"Catcatcat oh my *god*!!"

Cerianceriancerian oh my GOD.

Sut ma hi 'di llwyddo i weld fi yng nghanol blwyddyn ni *i gyd* yn squashed efo'n gilydd yn y coridor?!

"Hai," medda fi. HELP.

Dwi'n sbio lawr ar ffôn fi. Dim ond dau funud tan

ma Mr Roberts yn gadael ni i fewn i'r neuadd ar gyfer y Seremoni Wobrwyo. O'n i mor agos. Mor, *mor* agos.

Ma Cerian yn gwthio Tim i'r ochr (ffocin *NA*) i roi cwtsh i fi a deud dwi'n edrych yn styning. Dwi'n deud diolch yn y ffordd fwya bitchy dwi'n gallu (sy ddim yn bitchy iawn yn anffodus), achos pwy sy 'di gallu survivio ysgol heb o leia *trio* i fod yn chydig bach o bitch weithia?? Wedyn ma hi'n sort of, *tynnu* fi oddi wrth ffrindia fi (ffocin na *NA*) so 'dan ni'n chillio yng nghanol yr Emos.

"OK, Cati?" *Cati*. Cati??! Dim ond Dad sy'n cael galw fi'n Cati!! Jyst anadla. *Anadla*. Ma Cerian yn nodio i gyfeiriad y Pump a ma'i gwallt hir hi'n sgleinio fel marjarîn meddal. "Pam ti dal efo *nhw*?"

Jyst. Anadla.

"Be ti'n feddwl?" medda fi. "Be sy'n bod efo nhw?"

"Ti'n gwbod, maen nhw fatha…" Ma Cerian yn sbio'n ôl at y Pump ac wedyn i lawr ar Fitbit hi i chwara efo'r strap baby pink. Dwi'n cofio hi'n neud hynna pan na'th hi ddod i weld fi am y tro cynta ar ôl i fi golli gwallt fi, a cyn parti tŷ Ceinwen ym Mlwyddyn 10 ar ôl iddi hi lusgo fi i'r toiled i gyfadda fod hi'n licio Garin (yup. Garin. Ma hyd yn oed Cerian yn haeddu gwell na *Garin*, onest!). "Maen nhw fatha, sori Cat, ond maen nhw jyst yn *weird*, OK?" Nope. Nope nope nope NOPE. "Ti ddim yn ffitio i fewn efo nhw!"

So.

Achos dwi 'di postio selfie ac yn edrych yn 'styning' eto dwi ddim yn invisible, yn anweladwy i'r Slayers ddim mwy? Ydy hi 'di anghofio bod hi 'di full on *ghostio* fi am bron blwyddyn??! Dwi actually yn methu credu hyn. Dwi isio dringo i ben to'r ysgol a sgrechian *neu* fel, llofruddio rhywun... dwi ddim yn siŵr pa un fysa'n cael gwared ar rage fi ora.

Dwi'n anadlu i fewn a trio peidio neud i llais fi swnio'n *rhy* bitchy (achos dwi kind of ddim isio ffrwydro drosti hi nes 'dan ni'n enemies, fel, gelynion penna? Dwi'n meddwl fysa babi Billie Eilish a Lizzo lot mwy gofalus na hynna.) i ddeud:

"Yeah. Wel, ella o'n i ddim, fel, blwyddyn dwytha, ond rŵan... rŵan ma bob dim 'di newid a dwi'n meddwl dwi *yn* ffitio fewn efo nhw?"

(Ym. Dwi'n ffrigin *gobeithio*??!!)

"A maen nhw'n bobl amazing pan ti'n dod i nabod nhw, fel... " Dwi'n sbio i lawr ar Fitbit Cerian ac ysgwyd pen fi achos dwi actually ddim yn gallu ffeindio geiria i ddisgrifio be ma'r Pump yn feddwl i fi lol. "... opposite i weird, a gwell na hynna even! A even os 'dan ni *yn* weird, dydy hynna ddim yn ddrwg, na? 'Dan ni jyst yn trio bod yn fel, ni'n hunain, a ma hynna'n neud ni'n hapus as fuck, so… who cares."

Dwi'n sbio 'nôl fyny ar wyneb hi – actually methu disgwyl i weld be ydy ymateb hi i *hynna* lol – ond ma hi'n sbio'n ôl at y Pump eto, dal yn chwara efo strap Fitbit hi. A wow.

OK.

Dwi'n rong. Dwi'n *hollol* anghywir, dwi'n meddwl, ond am fel, eiliad *baaaach* dwi'n meddwl bod 'na

(nope. Amhosib. Amhosib amhosib.)

dwi'n meddwl bod 'na rywbeth fel cenfigen yn trio cuddio yn llygaid hi, tu ôl i'r masgara a'r contact lenses??? (Dim ond y Slayers sy'n gwbod fod Cerian yn gwisgo contact lenses.)

Wild.

Ond wedyn pan ma hi'n troi 'nôl ata fi ac yn tapio Fitbit hi i weld yr amser, ma llygaid hi'n las a biwtiffyl a Slayer-y eto.

"OK. Sori, whatever," medda hi cyn gwenu arna fi'n sydyn. "Gweld chdi heno, ella?" a gadael fi ar ben fy hun yng nghanol yr Emos cyn i fi ateb.

Cyn iddyn nhw stompio arna fi efo Doc Martens du neu fforsio fi i wrando ar Lil Peep a My Chemical Romance, dwi'n brysio'n ôl at y Pump.

"Be uffar o'dd *hi* isio?" medda Robyn.

Dwi'n rowlio llygaid fi i drio edrych yn ddi-hid (licio'r gair yna). "Dim byd, dydy o ddim yn bwysig."

Ond pan ma Mr Roberts yn cyrraedd ac yn gweiddi arnan ni i lusgo'n hunain fewn i'r neuadd fel y ffermwr mwya shit yn y byd yn trio gwthio defaid stoned fo i fewn i gorlan, dwi'n troi pen fi, fel, 45° at y Slayers, a dwi'n sylwi ar Cerian yn rhoi pen hi i lawr yn gyflym, yn union fel ma pobl yn neud weithia pan maen nhw'n trio peidio dangos fod nhw'n sbio arna *chdi*.

Ma'r merched cinio wedi bod yn lejynds heddiw a rhoi byffe allan yn y neuadd i ni efo orange squash a cupcakes a Quavers a Bourbons. Dwi'n llenwi cwpan plastig efo squash a mynd i ista yn y cefn efo'r Pump.

Dwi'n sbio i fyny ar Mr Roberts: mae o'n sefyll wrth y podiwm yn barod, yn gorffen stwffio cupcake i fewn i'w geg efo un llaw a pentwr o bapur wedi'i lamineiddio yn y llall. Ma'n rhoi papur y cupcake i lawr wrth draed fo ac yn llyfu bysedd o. Ewww! Jyst achos chi ydy'r pennaeth, dydy hynna ddim yn golygu bo' chi'n cael neud petha gross fel'na, syr. *Siomedig.*

Mae o'n clirio'i wddw fo i fewn i'r meicroffon. "Reit 'ta,

Blwyddyn 11, pnawn da!"

Lol, ma pawb yn actio fel tasan nhw heb glywed o.

"BLWYDDYN 11!"

Wps. Ma'r neuadd yn tawelu heblaw am y BeiblLads; dwi'n sbio arnyn nhw ar ochr arall y neuadd lle maen nhw'n trio stopio chwerthin. Omg fysa fo'n *amazing* os fysa'r BeiblLads wedi meddwi gormod i ffeindio ffordd nhw i'r sesh Leavers heno.

Ma syr yn neud araith fach am "ddiwedd cyfnod" a "llechen lân" a "phwysigrwydd cymuned addysgol" cyn dechra rhoi'r gwobra allan (dyna ydy'r papur wedi'i lamineiddio, apparently).

Dwi wedi agor Snapchat i ddeud wrth y Pump dwi'n gobeithio fydd Mr Roberts yn llithro ar y papur cupcake ac yn disgyn o'r llwyfan (ddim GO IAWN, wrth gwrs – dwi ddim yn evil!! Ond ma'n ddelwedd *hileriys*. Ella fydd Aniq yn neud sgetsh o'r peth lol), ond dwi'n stopio teipio pan dwi'n clywed enw Tim.

"Tim Morgan, y mathemategydd gora."

Dwi'n troi i sbio ar Tim ac mae o'n edrych fel tasa fo isio rhedeg allan o'r neuadd. Heb even meddwl, dwi'n gafael yn ei law o (be ti'n *neud*??!) a deud bod o ddim angen poeni achos 'dan *ni* yma.

Wedyn dwi fel,

ym…

dwi newydd afael yn llaw Tim (be *ffwc* Cat?!) a panicio achos ma Tim yn casáu pobl eraill yn cyffwrdd o heblaw am mam o, dwi'n meddwl. Ond dydy Tim ddim yn edrych fel tasa fo'n panicio – dydy o ddim yn edrych fel tasa fo wedi *sylwi* even achos mae o'n cerdded i fyny at y llwyfan fel ffrigin *badass*. A pan ma Mr Roberts yn rhoi tystysgrif iddo fo a ysgwyd llaw dwi'n sefyll i fyny i glapio a woopio.

Ma tystysgrifa'r Adran Ffrangeg yn cael eu rhoi allan nesa, a ma Tams yn cael un am 'Y Ffrances fwyaf addawol' sy ddim yn neud lot o synnwyr achos dydy Tams ddim yn Ffrances ond dwi'n falch eniwei. Ma Aniq yn cael un am yr arddangosfa gelf ora (ym, pwy arall?!) a dwi'n codi i roi cwtsh mawr iddi pan ma hi'n cerdded 'nôl o'r llwyfan. Dwi'n disgwyl i Robyn gael un gan yr Adran Gymraeg, ond dydy hi ddim. A wedyn ma syr yn cyhoeddi bardd y flwyddyn:

"Robyn Lewandowski!"

Wow, ma'r Pump *on fire*! Dwi mor ffrigin falch o ffrindia fi!! Dwi'n teimlo chydig bach yn inferior, yn israddol achos dwi ddim efo dawn amazing fel pawb arall lol, ond dwi mor *falch* bo' nhw'n cael cydnabyddiaeth am fod yn amazing o'r *diwedd* ar ôl yr holl shit maen nhw wedi mynd trwyddo fo.

"Reit, shhh os gwelwch yn dda, Blwyddyn 11, dydy'r seremoni ddim *cweit* ar ben. Ma gen i un dystysgrif arall fan hyn, tystysgrif arbennig iawn." Ma Mr Roberts yn dal y papur i fyny wrth ymyl pen fo a ma'r plastig yn neud iddo fo sgleinio fel gwobr arian go iawn. Bechod, ma Gyfun Llwyd wedi *actually* trio. "Tystysgrif arbennig dros ben, a newydd sbon eleni, hefyd! Ma'r wobr am y disgybl mwyaf dewr ac ysbrydoledig ym Mlwyddyn 11 yn mynd i…" Ma'n stopio i gael fel dramatic effect, dwi'n meddwl. Pwy sy'n mynd i ddeud wrtho fo does 'na neb yn actually cerio??

"… Catrin Joseph!"

Ym.

Ma Robs yn rhoi cwtsh i fi a dwi'n gallu clywed y Slayers yn sgrechian (ffyc sêcs). Dwi'n meddwl ma'r clapio'n uwch nag oedd o i'r tystysgrifa eraill i gyd, neu ella jyst *teimlo* fel'na mae o?? Achos dwi ddim, ffyc dwi *ddim* yn 'ddewr', dwi jyst yn *fi*! 'Nes i ddim *dewis* i hyn ddigwydd i fi a ffwcio fyny blwyddyn ola ysgol fi. 'Nes i ddim *dewis* bod yn 'ddewr'. Dwi jyst yn neud be ma raid i fi neud. Fysa pawb arall yn neud yr un fath â fi, bysa? Ffyc, ella fysan nhw'n neud yn well na fi, even!!

Wrth i fi gerdded at y llwyfan, ma pawb arall fel, yn smyjo, fel masgara bore wedyn pan ti 'di anghofio tynnu colur chdi. Dwi'n sbio dros ysgwydd fi a gweld fod y Pump wedi smyjo, hyd yn oed. Dwylo fi ydy'r unig betha sy'n edrych yn *wir*, dwylo fi a sgidia fi a'r sana coala o dan sgidia fi (coalas hapus hapus hapus. Ti'n gallu neud hyn ti'n gallu ti'n gallu).

Ma syr yn rhoi'r dystysgrif i fi ac yn ysgwyd llaw yr un pryd a ewww gross mae o'n chwyslyd ond dwi ddim yn gallu tynnu llaw i ffwrdd achos mae o'n gafael yn dynn a wedyn mae 'na fflash camera o rywle ond do'n i ddim yn gwenu a ma pawb dal yn clapio a dwi'n sbio i lawr ar y dystysgrif:

- Yn y top ma motto'r ysgol mewn ffont Times New Roman.
- Yn y canol ma 'na seren cartŵn sy'n edrych fel emoji.
- O dan hynna ma'n deud *Y disgybl mwyaf dewr ac ysbrydoledig...*, hefyd mewn Times New Roman.
- O dan hynna wedyn mae 'na lot o ddotia ac enw fi wedi cael ei sgwennu ar y dotia mewn beiro goch.
- Maen nhw wedi sgwennu Joseph efo 'ff'.
- Wedyn ma'r LLONGYFARCHIADAU!!! A hwnna'n Times New Roman hefyd. Shook.
- A mae o i gyd yn llwyd, wrth gwrs.

Even ar y diwrnod ola, hyd yn oed *heddiw*, ma Ysgol Gyfun Llwyd yn predictable. Ond pan dwi'n ôl efo'r Pump ac yn cael cwtsh gan Aniq a Tams yr un pryd dwi'n sylwi fod 'na rywbeth yn styc o dan esgid Mr Roberts. Y papur cupcake lol. Waw!! Ma hynna hyd yn oed yn well na fo'n disgyn oddi ar y llwyfan, dwi'n meddwl.

So ella dydy Gyfun Llwyd ddim yn predictable i gyd?

6

SO RŴAN.
(HeEEEeeelp.)

Rŵan ma'r diwrnod drosodd. Drosodd. Ysgol.
Drosodd (!!).

'Terminé' i Tams. 'Wedi bennu' i Tim. 'Wedi gorffan' i
Aniq a Robs.

Ysgol. Drosodd. Wedi gorffen. Am *byyyyth*.

Dwi'n trio peidio sgrechian neu grio neu redeg i
ffwrdd neu fforsio pawb (a Tim) i fewn i group hug so
dwi'n *trio* cerdded yn chill efo'r Pump yn y coridor. Chill.
Hamddenol. Dwi'n hoffi 'hamddenol' achos ma'r gair ei
hun yn swnio fel rhywun sy'n gorwedd mewn gwair hir yn
yr haul yn trio peidio syrthio i gysgu ac adar yn twîtio a
cŵn yn cyfarth yn y pellter.

"Lads. *Lads*. 'Dan ni 'di *smasho* fo." Ma Robyn yn
tynnu'i siôl ac yn codi hi uwch ei phen fel victory flag.
"'Dan ni'n rhyyyyydd!!"

"Hei, ni dal angen goroesi'r parti heno, a'r blydi Prom!" medda Tams, ond ma hi wedi stopio symud cadair hi achos ma hi'n chwerthin gymaint. Dwi'n trio peidio gwasgu'r wennol origami – dwi heb adael hi fynd ers i'r seremoni orffen.

"Cat?"

Aniq (ti'n *gallu*). Dwi'n troi ati hi. Ma hi'n chwara efo ffrinj oren sgarff hi, yn lapio'r defnydd rownd bawd hi. Hen un Ammi ydy o, dwi'n meddwl.

"Sut w't ti heddiw?" medda hi. "Go iawn?"

"Ym…" Fydd yr aderyn ddim yn edrych fel aderyn pan dwi'n cyrraedd adra, so dwi'n tynnu llaw fi allan o'r boced i drio ateb Aniq. "Dwi'n OK, diolch," medda fi.

Dwi ddim hyd yn oed yn gallu siarad efo Tim am Birdie, so ma meddwl am ddeud wrth un arall o'r Pump yn neud i fi isio rhedeg i ffwrdd heb sbio 'nôl. (Lol tyfa i *fyny*.) Achos, achos dwi'n meddwl fyddan nhw fel, fydd hyd yn oed *y Pump* ddim yn deall. Sy rili yn shit.

Ac achos fel, ma cuddio petha fel'ma oddi wrth ffrindia chdi'n teimlo fel disgwyl am WWIII.

卌

'Nes i addo i Mam fyswn i'n cael lifft adra gan Guto, so yn lle dilyn y Pump dwi'n cerdded at y Vauxhall bach sy wedi parcio dros y ffordd i'r ysgol. Ma Guto'n deud na 'mint green' ydy lliw y car lol ond dwi'n meddwl fod o'n edrych fel lliw mould sy'n tyfu ar fara. Dwi'n licio'r tri sticyr ar gefn y car though achos 'nes i helpu fo i ddewis nhw: baner Trinidad, baner Cymru ac ALL BLACK LIVES MATTER efo lliwia baner Pride yn y llythrenna ALL.

Dydy'r ffenestri ddim ar agor ond dwi dal yn gallu clywed y stwff punky mae o'n chwara. Dwi'n dal llygaid o yn y drych ar ochr y car a mae o'n rowlio'r ffenest i lawr i weiddi:

"Yo yo yooo!"

Ffyc sêêêêc. Ydy brawd fi'n gallu bod yn normal *jyst am heddiw*? I *fi*? Apparently ddim. Dwi'n stwffio un bys i fewn i'r ffenest sy ar ochr fo cyn cerdded rownd at yr ochr arall.

"'Nest ti neud o?"

Dwi'n taflu bag ysgol fi i'r cefn a rowlio llygaid fi so maen nhw'n sort of dilyn y bag. "Neud be?"

Ma'n troi volume y gerddoriaeth i lawr. "Moonwalkio i'r ysgol. Ti'n cofio'r TikTok 'nes i ddangos i chdi?"

"Yeah. Naddo."

"Boring."

"Miwsig chdi'n boring."

"Rho The 1975 ar then."

Yr unig gerddoriaeth ma Gut a fi'n gallu gwrando arno fo efo'n gilydd heb ddechra fel, civil war ydy The 1975. A dwi'n licio Labrinth rŵan hefyd actually, diolch i *Euphoria*. Ma'r haul yn actually *poeth* rŵan (ym Cymru, lle ti 'di mynd lol) so dwi'n gorfod tynnu jympyr Robyn a wig fi achos does 'na ddim air-con yng nghar Guto.

'Dan ni wedi pasio bus shelter y Pump pan ma tri o'r BeiblLads yn croesi'r stryd o flaen ni (dydy croesi ddim yn ddisgrifiad accurate sori, rhy syth a bendant. Stymblo ar draws? Hanner cropian? Hmm): Rhydian, Garin…

a Liam. Dwi'n cau llygaid fi a plygu mhen.

Ma Guto'n sort of fel, growlio (ysgyrnygu… *waw* dwi'n lyfio Cymraeg weithia!!). "Twats."

Ma flowxr_womxn 'di neud cyfres o fideos am y gair 'twat', so dwi'n deud:

"Dwi ddim yn meddwl ti actually i fod i ddeud hynna fel insult achos ma'n neud i vaginas a femininity in general appeario'n inherently negyddol?" Dwi'n gwbod yn union be 'di 'insult' a 'femininity' a 'in general' a 'appeario' a 'inherently' yn Gymraeg, ond dwi *ddim* isio Guto fod efo rheswm arall i gymryd y pis ohono fi.

"Be ffwc, yyym…" Ma Guto'n chwerthin, ond dwi'n gallu deud bod o'n nerfus lol. Ma'r gair 'vagina' yn neud o'n anghyfforddus even though mae o efo cariad a chwaer un deg chwech oed. "Conts then?"

"Nope."

"Dicks?"

Shit. Fi sy'n nerfus rŵan. "Ym, gwell?"

Mae o'n chwerthin ac ysgwyd pen fo. "Ti'n unbelievable."

"Diolch," medda fi.

'Dan ni basically ar stryd ni pan ma Guto'n gofyn, "Oeddach chdi'm yn mynd allan efo un ohonan nhw o'r blaen? Liam, ia?"

"Yyym," (na na naaa), "ia… ym, dwi'm rili isio siarad amdana fo?"

"O."

"Ym, Liam. Liam, be ti'n neud?"
"Stopia boeni. Ma'n OK. Stopia boeni, iawn?"

"Ym," medda fi, "stop!" Ma Guto'n brecio'n sydyn jyst cyn troi i stryd ni, a wedyn yn symud i'r ochr so 'dan ni wedi parcio ar ben y palmant.

"Ffwc, be sy?"

Dwi'n sbio i ffwrdd so dwi'n wynebu bins rhywun ar y palmant.

> *"Stopia boeni stopia boeni."*
> *WITHOUT YOUR CONSENT*
> *"Ma'n OK."*
> *ILLEGAL.*

(Ffyc be ffwc *stopia.*)

Dwi'n cau llygaid fi (Cat be ti'n neud?), anadlu i fewn (pam ti isio deud wrth *brawd* chdi? *Be* ti'n trio deud wrth brawd chdi? *Ti* ddim even yn gwbod be yn union na'th ddigwydd a fydd Guto mor awkward!),

a dwi'n deud wrtho fo am house party tŷ Carys blwyddyn dwytha (pam pam pam fydd o'n rili, rili awkward *paid*):

- Dwi'n meddwl oedd o'n un o'r partis ola i fi fynd iddo fo cyn y diagnosis.
- O'n i a Liam wedi bod yn siarad ar Snapchat ers wythnosa, ac o'n i wedi bod yn tŷ fo dwy waith.
- O'n i'n meddwl bod o'n neis, am fuckboy. Am BeiblLad.
- Dwi ddim yn gallu cofio faint o'n i 'di yfed a dwi ddim yn cofio be na'th ddigwydd rhwng y jelly

shots a Liam yn tynnu fi allan i'r cefn lle oedd 'na set o swings oedd yn rhydu.

- Dwi'n cofio meddwl mod i ddim efo condom a do'n i ddim isio fo neud dim byd heb gondom, wrth *gwrs*.
- 'Nes i ofyn iddo fo os oedd gynno fo gondom ond na'th o anwybyddu fi.
- 'Nes i ofyn eto ac eto ac eto.
- A wedyn oedd o'n rhy hwyr so 'nes i stopio gofyn.

Ħ

Dydy Guto ddim yn awkward.

'Dan ni'n dawel am chydig, ond dydy o ddim yn dawelwch awkward, ma'n dawelwch disgwyl. (A sori, ond does 'na ddim gair Cymraeg fel 'awkward'. Ma 'lletchwith' yn rhy simsan. 'Simsan' yn air perffaith, though, am be ydy o!)

Dal heb siarad, ma Guto'n dechra'r car eto ond dydy o ddim yn mynd adra – ma'n gyrru fewn i dreif rhywun ac yn troi rownd.

"Lle ti'n mynd?" medda fi.

"Tŷ Liam."

Dwi'n sbio arno fo achos mae o – *gobeithio* – mae o'n

jocio, yndi? Ond ma'i wyneb o'n siriys, deadass difrifol fel mae o'n chwara *Call of Duty*. Ym. *Na.*

"Ym," medda fi, "pam?? Ti'n gwbod lle ma'n byw?"

"Yndw, o'n i mewn parti yna ages yn ôl. Boi'n loaded yndi, ma 'na proper jacuzzi yna a bob dim. Parti shit though."

Nope. Hyn ddim yn digwydd no *way*. Dwi'n troi'r miwsig i ffwrdd. "OK, ym, pam 'dan ni'n mynd i dŷ Liam??"

"Achos," ma Guto'n troi i'r chwith so 'dan ni'n gyrru ar hyd y prom, "ma obviously'n twa— ma'n obviously'n fucked up a dwi ddim yn gadael i NEB ga'l getaway efo neud wbath fel'na i chwaer fi, so," ma'n sbio lawr yn sydyn i ddechra The 1975 eto, "*dyna* pam 'dan ni'n mynd i dŷ Liam."

Na.

"Na!" medda fi.

"Na?"

"*Na.* Na na na *na*," naaaaa na na na dydy o ddim yn gallu neud hyn stopia ffycin *stopia*, "ti angen troi rownd. Rŵan. Na'th o ddigwydd fel, dros flwyddyn yn ôl, a oedd o'n pissed so na'th o probs anghofio bore wedyn a dwi ddim isio drama. *Pliiis*?" Dwi'n swnio fel hogan fach. Os fysa Cwtsh efo fi dwi'n meddwl fyswn i'n neud hogan fach saith oed eitha convincing. Dwi digon byr lol.

"Dydy bod yn pissed ddim yn excuse a dydy faint mor hir yn ôl ma rwbath 'di digwydd ddim yn neud o fynd i ffwrdd, na, so 'dan ni'n *mynd i dŷ Liam*."

Shit. Dwi'n methu dadla achos *fo* sy'n gyrru. Ac ella, ella fydd Liam ddim yna eto, hyd yn oed! Ond be os bydd o... Dwi'n trio troi'r volume i fyny chydig bach mwy a dwi'n gweld fod braich fi i *gyd* yn crynu eto. (Tyfa i fynyyy.)

Ond dwi fel, dwi'n teimlo... bron fel, *yn bwerus*? Achos be fysa babi Billie Eilish a Lizzo yn neud? Fysa hi'n trio cael ei brawd hi i droi rownd??

Na. Wrth *gwrs* ddim.

(Ti'n gallu neud o. Ti'n gallu. *Dwi'n* gallu. Hell yes!!)

Ma Liam yn byw ar ochr arall y dre lle ma 'na lot o dai haf, so ma car Gut yn stryglo i fyny'r bryn ato fo bechod. Ma'r tai yn fa'ma i gyd yn edrych fel tasan nhw newydd orffen cael eu hadeiladu a fel, yn fwy o ffenest na wal ac yn dal, dal, so maen nhw'n sbio dros y môr.

Dwi'n cofio meddwl hyn pan es i dŷ Liam tro cynta: os ti efo gymaint o bres â hynna, pam fysa chdi isio prynu tŷ sy'n edrych mor hyll a fydd probably'n edrych yn hen mewn fel, pum mlynedd eniwei?? Crazy.

"Aros fa'ma," medda Gut ar ôl stopio'r injan. 'Dan ni wedi parcio rownd y gornel wrth ymyl giât fawr bren efo keypad ar yr ochr a plac llechen yn y canol yn deud 'Ocean

View Cottage', so dwi'n methu gweld tŷ Liam o'r car.

Dwi'n sticio mhen allan o'r ffenest ar ôl i Guto gloi'r car (dim syniad pam mae o wedi neud hynna lol, dwi ddim yn meddwl bod 'na lot o bobl yn fa'ma sy isio kidnappio hogan efo gwallt bach fuzzy a dwyn Vauxhall 'mint green' sy'n fwy hen na'r hogan), a dwi'n deud, "Paid â trio lladd o, iawn??"

Ym.

Be mae o'n neud??!

Dwi'n meddwl bod Guto'n dalach na Liam, ond ma'r BeiblLads yn mynd i'r gym fel, bob dydd. Dydy Gut ddim efo amser i fynd i'r gym gymaint â nhw rŵan efo apprenticeship fo a Sophie a fi, I guess.

"Ieee," medda fo. Dwi ddim yn gwbod os ydy hynna'n golygu "Ieee, 'na i ddim trio lladd o" neu "Ieee, dwi am *ffocin* lladd o" neu rywbeth arall, ond shiiit ma'n rhy hwyr rŵan. Mae o 'di diflannu.

A dwi *dal* yn crynu (tyfa i fynyyy!! Chdi ydy babi Billie Eilish a Lizzo – ti'n *gallu* neud hyn!!).

Dwi'n agor y glovebox i chwilio am rywbeth i distractio fy hun, *difyrru* fy hun (gair diddorol), a dwi'n ffeindio Ray-Bans fake Guto; mae o'n cadw nhw yn y car drwy'r flwyddyn, even yn y gaeaf. (Yup, mae o'n un o'r bobl yna, yn anffodus.) Hell yes, dyma'n *union* be dwi angen! Dwi'n gwisgo'r sbectol haul a trio sianelu'r Cat o'n i gynna, pan 'nes i'r pose peace sign ar gyfer Story Tami.

Dwi'n trio gweithio allan os dwi wedi stopio crynu achos y sbectol haul neu achos bod y car yn mynd yn boethach pan dwi'n clywed rhywun yn gweiddi. Dwi ddim yn gallu deall yn union be ma'n ddeud achos sŵn y môr a'r ceir lawr yng nghanol y dre a calon fi ond dwi'n clywed Guto'n deud rhywbeth fel, "Ac os ti'n deud wrth *unrhyw un* dwi 'di bod yma, dwi'n mynd at y ffocin police, man."

Shit. *Shiiit.*

(Ond 'man'? '*Man*'??! Nid rŵan ydy'r amser i drio bod yn surfer dude, Gut!! Lol ma'r *ddau* ohonan ni angen tyfu i fyny, big time.)

Dwi wedi agor y glovebox eto i chwilio am ddifyrrwch arall pan dwi'n gweld Guto rownd y gornel, yn cerdded fel tasa gwaed o'n llawn gwenyn ac yn gwenu fel serial killer. Na na na naaaaa be mae o 'di neud?!

"Be ti 'di neud??"

Mae o'n ista lawr ac yn gwthio llaw trwy gwallt fo even though ma'i wallt o'n rhy fyr i hynna neud gwahaniaeth. Pan mae o'n gafael yn yr olwyn eto, dwi'n gweld fod knuckles, migyrna fo'n goch. "Gei di weld."

Onest: dwi'n terrified!! Ond mewn fel... ffordd dda? Ydy hynna'n bosib hyd yn oed??

(Billie Eilish a Lizzo. Billie Eilish a Lizzo. Ti'n *gallu neud hyn*!!)

Ma Guto'n arafu pan 'dan ni'n pasio tŷ Liam, a ma 'na chwerthin yn fel, ffrwydro allan ohono fi pan dwi'n gweld o. Mae o'n sefyll ar y lawnt sy efo gwair byr so ma'n edrych fel coesa fi pan dwi'n mynd wythnos heb siafio, a ma 'na palm trees, coed palmwydd ar bob ochr. Yup: coed palmwydd.

Mae o'n gwisgo tryncs nofio (ella oedd o am fynd i mewn i'r jacuzzi?) ac yn cuddio'i drwyn o efo dwylo coch.

(Billie Eilish a Lizzo: ti'n gallu neud hyn. *Hell yes* ti'n gallu!!)

So, dal yn gwisgo'r sbectol haul, dwi'n rowlio'r ffenest i lawr i'r gwaelod, troi volume The 1975 i fyny i'r top, codi bys canol fi a gwthio braich fi allan o'r ffenest. Dwi'n fel 99.9% siŵr dwi'n edrych fel absolute IDIYT ('ynfytyn' ha HA, lyfio hynna!) ond dwi 100% siŵr fod Liam yn edrych fel mwy o ynfytyn na fi, so 'na i dderbyn y 99.9%.

'Dan ni'n cadw'r ffenestri i lawr a'r gerddoriaeth i fyny ar y ffordd adra so 'dan ni'n cael fel mini rave yn y car. Dwi mewn mood *perffaith* ar gyfer y sesh Leavers rŵan!

"Dude!" medda Guto. *Ewww*. Dwi'n seriously gobeithio fydd y surfer dude phase ddim yn para'n hirach na diwrnod. "Oedd hynna'n *fucky*." Mae o'n gorfod gweiddi dros gytgan 'The Sound'.

Pan 'dan ni'n arafu at groesffordd ma Guto'n tynnu'r sbectol haul o wyneb fi a'u rhoi nhw ar dop ei ben. "Na," medda fi, a dwyn y sbectol haul yn ôl i roi nhw ar dop pen fi, "dyna oedd *diffiniad* fucky."

fucky (fuh • ki) *ansoddair* 1. *Y weithred o godi un bys o ffenest Vauxhall 'mint green' brawd chdi ar y fuckboy sy 'di fforsio fo ei hun arna chdi heb gondom pan oedda chdi wedi gofyn wrtha fo wisgo un, a hynna ar ôl i brawd chdi neud i drwyn o waedu. Rhaid i chdi wisgo sbectol haul a dim wig, a sicrhau fod cerddoriaeth The 1975 yn blastio o speakers y car.*

A dim ots os ma Gut yn cymryd y pis ohono fi am ddeud 'diffiniad' lol, achos sori sana coala, ond dwi efo rhywbeth gwell i gysuro fi rŵan: atgof o fi'n codi un bys ar Liam drwy ffenest car 'mint green' yn gwisgo Ray-Bans fake ac – am y tro cynta erioed – yn ROCIO pen moel fuzzy fi. A hynna i gyd yn chwara ar lŵp yn pen fi fel fideo TikTok.

卌

Pan 'dan ni'n cyrraedd adra, y peth cynta dwi'n neud ydy gyrru neges hiiiir at y Pump yn trio disgrifio be sy newydd ddigwydd (!!!). Ond pan dwi'n cael at ddiwedd y neges, ma'n troi'n rywbeth fel hyn:

☹ Y Pump ☺

CAT'X

ond sut ffyc oedd L yn gallu deud wrtha fi stopio poeni, sut oedd on gallu deud fod pob dim yn iawn achos nid fo oedd yn gorfod meddwl am excuse i ddeud wrth rhieni fo bora wedyn i gael bus i pharmacist ganol dre yn hungover a deud celwydd am oed fo a iwsio savings i dalu £30 am morning after pill a nid fo oedd yn gorfod prynu pregnancy test 3 mis wedyn pan oedd period 2 wythnos yn hwyr. ydy lapio darn bach o blastic rownd dick chdin cymryd HYNNA faint o effort?! ydy o HYNNA anghyfforddus??! rili??! dylsa hogia fod yn 100% gyfrifol am cum nhw eu hunain a lle ma nhwn penderfynu squirtio fo.

A dwi'n gyrru'r neges yn syth, heb ddarllen drosto fo am typos hyd yn oed.

A wedyn dwi'n

dwi fel,

yn crio

(sy'n rhywbeth hollol valid, *hollol* 100% ddilys i neud rŵan. Jyst so ti'n gwbod.).

7

Aniq
ANIQMSD
cat, waw
ANIQMSD
methu credu bod y sgymbag di neud hynna i chdi. hollol afiach dwin fuming!!! plis plis os ti isio rantio mwy am y peth, im your gal

MA BOD 'NÔL yn ffrindia efo Aniq yn teimlo fel chwydu pan ti'n hungover. Jyst fel masif, *masif* rhyddhad. Achos dwi'n meddwl ma Aniq sort of fel chwaer i fi?

Achos fel, ma Guto a fi'n rili agos ond ma 'na lot o betha dwi'n methu trafod efo fo achos, yn wahanol i Aron a fi (a Dad, wrth gwrs), mae o'n gallu pasio fel person gwyn. Fel, doedd 'na neb yn dynwared mwnci wrth iddo fo basio yn coridors yr ysgol a neud hwyl am ben gwallt fo a does 'na neb yn edrych arno fo fel mae o newydd ladd ci nhw pan mae o'n dechra siarad Cymraeg. A ma Dad yn lejynd, wrth gwrs, ond dwi *angen* rhywun oed fi i siarad efo, angen Aniq, achos dwi'n gwbod bod hi'n mynd i deimlo'n union yr un fath â fi a genuinely jyst, jyst fel, *gwbod*.

Aniq
CAT'X
diolch ani
CAT'X
a same, tin gwbod fod sgwydda fin experts yn absorbio dagra lol os ti angen nhw, any time

𝍪

Dwi'n teimlo fel tasa fi newydd orffen y Beep Test yn PE a wedyn ma rhywun wedi taflu lorri arna fi. Lorri sy'n cario fel, eliffants.

Cyn i fi ddechra cemo, o'n i ddim yn gwbod bod chdi'n gallu blino gymaint nes ti'n methu troi drosodd yn gwely chdi, neu'n methu mynd i'r toilet. Ond even though ti 'di blino fel'na, ti'n methu cysgu achos ma esgyrn breichia a coesa chdi'n rhy rhy boenus. So dwi'n gwylio *Friends* ar y soffa efo Mam. Dwi'n afiach achos dwi ddim wedi molchi ers dod adra o'r ysgol ond dwi ddim efo egni i ddal braich PICC line fi uwchben dŵr y bath.

A dwi'n meddwl pam, pam 'nes i gerdded i'r ysgol bore 'ma achos ella os fyswn i heb, fyswn i'n gallu mynd i'r sesh Leavers heno, even os mond am fel, pum munud.

So Mam oedd yn iawn. Wrth gwrs.

(Sori, Mam.)

☹ Y Pump ☺

CAT'X

guys sori dwin teimlon shit so dwi ddim yn mynd heno :(((ond pliiiis gai glywed am storis crazy chi wedyn ar ft!! xxxxx

---

Dwi'n tapio trwy Story sesh Leavers pawb ar y soffa achos dwi efo dim byd arall i neud, yn llythrennol. Ma 'na rai yn Hell-land yn barod (basically y sied sy'n pydru yng nghornel cae Henlan ond sydd hefyd yn sesh central i bawb yn Gyfun Llwyd sy dan 18):

- Llun o'r Slayers i gyd yn ardd gefn tŷ Cerian, yn gafael rownd ei gilydd efo un llaw a cwpan plastig yn y llaw arall.
- Fideo o Cerys a Ceinwen yn downio diodydd a sŵn rhywun yn chwerthin dros gân Dua Lipa.
- Llun o Tesni'n codi un bys at y camera achos mae hi efo septum piercing yn trwyn hi rŵan ac wedi dechra smocio so ma hynna'n awtomatig yn rhoi'r

wobr anweladwy iddi hi am y person mwya edgy yn y flwyddyn.

- Fideo o Ceinwen yn rhoi pry-cop (gair mor ciwt i rywbeth mor afiach?? Pam, Cymraeg, *pam*??!!) ar ben Melissa yn sied Hell-land a Melissa'n sgrechian a disgyn ar ben y cans a'r sigaréts a'r condoms sy 'di bod yna ers basically erioed.
- Selfies efo pobl dwi'n nabod.
- Selfies efo pobl o ysgolion eraill dwi ddim yn nabod, ond yn dilyn nhw ar Insta, dwi'n meddwl.
- Fideo ar Private Story Tami o Llŷr yn y pre-sesh yn cymryd 3 siot o rywbeth sy'n edrych fel wisgi ac yn cyfogi.
- Llun ar Story Robyn o hi ac Aniq yn stafell Robs, efo eyeshadow aur yn matsio ac yn edrych yn *styning*.

Dwi *ddim* yn gobeithio i storm ddod neu i'r heddlu droi i fyny. Dwi ddim. Onest, onest! Achos nid bai *nhw* ydy o dwi ddim yna – wrth *gwrs* ddim!! Maen nhw efo hawl i fel, byw. A dwi ddim yn disgwyl iddyn nhw i gyd stopio'u bywyda *nhw* jyst achos dwi wedi gorfod neud.

No. Ffrigin. Wei.

||||

Ma Mam a fi wedi downgradio o *Friends* i un o romcoms Jennifer Aniston ar Netflix pan ma rhywun yn nocio ar y drws ffrynt a ma Mam yn *sgrechian*, "'Na i ga'l o!"

Dwi'n gwylio hi'n neidio o'r soffa – *neidio* – a jogio trwy'r drws i'r coridor. Pam ma hi mor hyped? Ydy hi wedi ordro Leigh Halfpenny ar Amazon??

"Shhh sh shh, dewch ffor'ma." Pam ma Mam yn sibrwd?? Dwi actually'n ofn, fel, *terrified*. Lle ma Cwtsh pan ti angen o?!

"SYRPRÉIS!"

No *way*,

maen nhw yma (!!!!):

AniqTamiRobynTim y pedwar ohonyn nhw omg maen nhw yma maen nhw yma maen nhw yma, wedi gwasgu efo'i gilydd yn y drws rhwng y coridor a'r stafell fyw be ffwc!!!

Ma Robyn yn gwisgo baner Pride fel siôl ac yn gafael mewn potel litr o Coke mewn un llaw a photel hanner gwag o fodca yn y llall. Ma colur Tams yn glitro ac yn styning, hyd yn oed fwy styning na'r botel o Echo Falls ar glin hi. Ma Aniq yn gafael mewn bag plastig sy'n dangos lliwia Skittles a Haribos tu fewn iddo fo ac yn chwerthin efo'i llygaid wedi cau. A Tim

Tim.

Ma Tim yn edrych fel tasa fo isio bod adra yn y gwely yn darllen comics *Power Rangers.*

A dwi, *dwi* fel,

"Be?!"

Ma Aniq yn ista wrth ymyl fi ac yn gafael yn llaw fi so ma'r port ar ben y PICC yn cyffwrdd yn garddwrn hi.

"Na'th mam chdi ffonio Tim gynna'n gofyn i ni ddod ata chdi i pre-sesho achos oeddach chdi'n teimlo'n well, ond wedyn na'th pob un ohonan ni sylweddoli fod o'n hollol pointless mynd i'r sesh Leavers hebdda chdi pan fysan ni'n gallu cael noson *amazing* yn binjo *Sex Education* eto."

"Guys!" Dwi isio crio!!! "Dach chi'n siŵr?!"

"Iee… sai rili moyn trio cerdded ar y cae 'na heno, to be honest." Ma Tams yn gwthio cadair olwyn hi at y soffa. "Sesho 'da chi fan hyn *loads* gwell!"

Ma Aniq yn agor bag o Skittles. "A sori bois, ond dwi ddim yn y mood i fod yn sobor yn Hell-land a risgio camu yn chwd Robyn eto."

"Na bêbs *na*, chwd *Cat* oedd o!" medda Robyn wrth orchuddio coesa Aniq a fi efo'r faner.

Dwi'n ysgwyd pen fi, a ma gwallt y wig yn crafu cefn gwddw fi. "Yyym na, ddim fi no way, tipsy o'n i noson yna achos o'n i efo appointment bore wedyn." Dwi'n gwenu i fyny ar Robyn. "*Chdi* na'th."

Ma Robyn yn troi ei phen i sbio i fewn i'r gegin lle ma Mam yn neud y nachos enwog. "Shhh, dwi ddim isio i Lydia wbod mod i'n meddwi'n nyts! Dwi'm isio risgio peidio cael nachos."

Dwi'n nôl Skittles gan Aniq ac yn chwerthin trwy nhrwyn i. "Never gonna happen achos ma Mam yn *lyfio* chdi. A oedd hi'n wild child oed ni eniwei so fydd hi jyst yn gweld o'n ffyni."

"Dwi moyn mam wild fel mam ti, Cat," medda Tim, "ma hi'n *class*," ac mae o'n codi llais o chydig bach i ddeud 'class' yn union fel ma Robs yn deud y gair bob tro, ac os fysa Aniq ddim yn gafael yn llaw fi dwi'n meddwl fyswn i'n troi fewn i hylif afiach a llithro oddi ar ledr ffug y soffa i'r llawr, fel,

ym,

(*help*).

Ma Tim yn dal i sefyll wrth y drws so ma Mam yn clywed bob gair. "Aww Tim bach! Diolch, boi."

A wedyn, wrth iddo fo sbio i fyny arna fi, *fi* (!!) dwi'n teimlo fel ma 'na rave yn dechra tu fewn i fi (*help help help*) so dwi'n sbio'n syth i lawr ar y Skittles ac yn disgwyl tan ma'r rave wedi diflannu'n *llwyr* cyn sbio i fyny eto.

IIII

So dwi basically ddim i fod i gael takeaways achos ma immune system fi'n shit a ma'r nyrsys a'r gwefanna i gyd yn deud bod ti'n gallu dal bygs o takeaways neu whatever. Ond dwi heb ga'l pineapple chicken o'r Ddraig Aur ers bron blwyddyn (!!) a *dwi isio pineapple chicken*. So ar ôl chwalu'r nachos a cau drws stafell wely fi 'dan ni'n ordro Chinese, a pan mae o'n cyrraedd ma'n rhy hwyr i Mam drio stopio ni.

Pan oedd y Slayers yn arfer dod yma o'n i'n cuddio rhai petha cyn iddyn nhw gerdded i fewn i stafell fi, fel y llyfra Harry Potter a Horrible Histories a'r fflag hanner Cymru hanner Trinidad na'th Guto literally gwnïo efo'i gilydd i fi (yeah. stori hir lol), ond dwi ddim yn gorfod neud hynna efo'r Pump. Ddim o *gwbl*. Achos dwi fel, dwi *isio* Tim wbod mod i'n ffan Harry Potter hefyd a dwi *isio* Aniq wbod mod i dal yn cofio Blwyddyn 6 pan oeddan ni'n obsessed efo Horrible Histories.

Ma Robyn wedi downio cwpan llawn fodca a Coke yn barod ac yn disgyn i lawr ar tin hi ar y carped.

"Drinking game?" medda hi, ond ma'r fodca a Coke sy'n driblo o geg hi wrth iddi siarad yn neud i fi feddwl ella 'dan ni ddim angen chwara gêm lol? Awww Robs <33

Ma Aniq yn rowlio'i llygaid hi ar y dribl sy 'di staenio

baner Robs ac yn trio peidio dangos bod hi'n gwenu. "Ddim gymaint o hwyl i Cat a fi sy ddim yn yfad heno, na'di, Rob?"

"A Cat Cat Cat, dwi moyn clywed mwy am be ddigwyddodd 'da Liam heddi!" Ma Tams bron hanner ffor' i fewn i'r botel yn barod lol. "*What* an asshole."

Aaaa shit. Ma fel arfer yn adorable though, pan ma alcohol yn neud i angerdd Tams nocio ni gyd drosodd fel swnami.

"Ym, dwi ddim rili isio siarad amdano fo heno?" medda fi.

Ma Tami'n rhoi cwtsh i fi sy'n ddigon mawr ac amazing i gystadlu efo rhai Robyn. "Sori, bêb. Ti'n gwbod sut dwi'n mynd 'da Echo Falls... love-hate relationship of the century. Caru ti loads."

Dwi'n gwenu i fewn i'w gwallt hi, sy'n ogla'n *styning* ac yn teimlo fel ma pineapple chicken yn blasu, ac am eiliad weird dwi'n meddwl dwi'n mynd i ddechra crio achos dwi mor genfigennus (be ffwwwc Cat?!) ond wedyn dwi'n chill eto. Ti'n chill, Cat, ti'n *chill*.

"Caru chdi loads hefyd."

Ar ôl i fi helpu Tams i setlo wrth ymyl fi ar y gwely, 'dan ni'n sylweddoli fod Robyn wedi dechra rhoi colur ar Tim a fel, yn blendio eyeshadow brown i fewn i'r pant uwchben llygaid fo a wedyn yn rhoi masgara arno fo...

… a mae o – *oh shiiiit* – ma Tim yn rhoi Harry Styles vibes i fi, fel, Harry Styles mewn ffrog a ma'r celloedd yn ymennydd fi wedi dechra chwara laser tag i ymuno efo'r rave (stopiaaa be ti'n neud??! Chill chill *chill*. Ti'n gallu neud hyn!!).

Ma Aniq yn troi rownd a rownd a rownd ar cadair desg fi ond yn stopio pan mae hi'n sylwi ar wyneb newydd Tim.

"Tim! Ti'n edrych yn *class*!" medda hi, basically'n sgrechian lol. "Hei Rob, 'nei di ddod i helpu fi chwilio am makeup remover plis? Dwi isio makeover 'fyd." A ma hi'n…

(yyym be sy'n digwydd??!)

… ma hi'n basically'n wincio mor galed ar Rob ma'n edrych yn boenus i llygaid hi, ac yn nodio pen hi tuag ata fi.

Waw guys. Mooor discreet. Cynnil. As. Fuck.

"Wwww ie a fi!" *A* Tami?! Ma hi'n troi pen hi slightly, y mymryn *lleiaf* cyn cau'r drws a dwi'n siŵr, dwi'n *siŵr* dwi'n gweld hi'n wincio arna *fi*. Oh guys.

Nope. Nope nope nope. Nope lluosi efo 1000. Dwi *ddim* yn barod am hyn.

Dwi'n sbio i lawr ar y can o Coke yn llaw fi. Dwi angen piso ond dwi'n poeni bydd y rave a'r laser tag tu fewn i fi'n dechra eto os dwi'n symud. Os dwi'n codi pen fi. Os dwi'n sbio arno fo. Os dwi'n anadlu (ti'n gallu ti'n gallu!!).

"Cat?"

Naaaaa.

Ti jyst angen anadlu. Jyst anadlu!! *Hawdd*. "Mm?" medda fi.

Ti'n gweld? Hawdd!

(HeeEeEEEEELp.)

Dydy Tim ddim yn deud dim byd arall ond dwi'n gallu clywed o'n symud (aaaAAAA HELP), yn codi o'r llawr a dringo ata fi ar y gwely. Dwi'n meddwl bod o fymryn yn tipsy. Mae o'n symud yn rhy araf i fod yn 100% sobor.

Mae o'n ista mor agos ata fi dwi'n gallu clywed o'n anadlu,

a wedyn mae o'n plygu i lawr i roi cwpan fo ar y carped,

a wedyn yn rhoi llaw o allan a fel, gafael yn llaw fi, yr un sy ddim yn gafael yn y can a

o. O waw.

Ydy internal raves, fel, raves a laser tags mewnol, i fod i neud i chdi isio *crio*?! Achos fel, ma fel tasa croen fi lle mae o'n cyffwrdd fi yn fizzy ac am eiliad (dim ond eiliad, onest!!) dwi isio croen fi i gyd deimlo fel'na, *bob man*. A ma croen o mor, mor feddal (!!!) a fel, ysgafn a dwi ddim yn siŵr sut ond mae o bron yn teimlo'n fflyffi hefyd (???) sy'n weird ond amazing, rili, rili amazing.

Ond wedyn dwi'n gweld o'n symud yn agosach a ma

fel, ma fel ma 'na ysbryd yn gafael yn pen fi a codi fo jyst digon so dwi'n gallu gweld llygaid o, sy wedi cau (awww!). A ma hynna'n neud i fi sylweddoli bod o'n trystio fi *loads*, fel, dwi heb drystio neb fel'na o'r blaen, even y doctors a'r nyrsys a Mam a Dad a Guto so dyna pam (ella???) dwi'n gadael i'r can rowlio o'r gwely a codi llaw fi at ochr gwddw fo, ond fel, dim ond yn cyffwrdd efo cefn bysedd fi a ma llygaid o'n cau yn dynnach (aww Tim Tim Tim) a wedyn dwi'n cyffwrdd gwallt o, sy hefyd yn fwy fflyffi na o'n i wedi disgwyl, a dwi'n gafael yn cefn pen Tim (pen Tim pen Tiiim!!!!) a wedyn ma llygaid o ar agor a ma lips fo, gwefusa fo ar rhai fi a mae o mooor feddal, fel tasa fo'n gallu toddi, fel tasa fi'n gallu toddi fewn iddo fo a…

> *"Ti mor ffit, ia."*
> *Ma dwylo Liam yn fel, rhy fawr.*
> *"Dwi 'di wancio i llun o chdi ar Instagram, sti."*

Shit.

Dwi'n tynnu i ffwrdd a sbio i ffwrdd a troi i ffwrdd i chwilio am y can gwag ar y llawr ond dwi ddim yn gallu ffeindio fo. Ella mae o wedi rowlio o dan y gwely.

"Tim…" Dwi'n sbio lawr ar dwylo fi, sy wedi dechra crynu (*c'mon* Cat ti'n gallu neud hyn). "Dwi'n sori. Dwi ddim yn barod. Ma heddiw jyst… dwi'n methu heddiw. Ti'n deall?"

"Na." Mor dawel. Fel blew Mal dros y carped i gyd. "Dwi'n… dwi ddim. Dwi ddim yn deall."

(C'mon!! Ti'n *gallu*.) Jyst anadla. "Ym, dwi ddim yn… ma bywyd fi'n rili gymhleth at the moment?" Dwi'n sbio ar dwylo fi eto ac yn plicio'r fleck bach o nail polish du sy 'di aros ar gewin bawd fi. Yup. *Du*. Ges i phase o drio bod yn edgy na'th bara fel, pythefnos lol, achos pan 'nes i fynd i open mic Robyn 'nes i sylweddoli bod trio bod yn rhywun sy ddim yn chdi yn rili ffycin *boring*. "A fysa fo'n rili creulon i fforsio chdi fod yn rhan o bywyd fi eniwei."

"Ond ti ddim yn fforso fi… dwi, dwi *moyn* e. Dwi moyn bod yn bywyd ti."

"Ti *yn*. Ti yn bywyd fi, ti yn eniwei! Chdi a Aniq a…"

Mae o'n agosáu eto. Nope. Dwi'n ysgwyd pen fi a troi'n ôl at lle ma'r can wedi disgyn. "Plis, Tim. Dos…" dwi'n ysgwyd pen fi eto, "dos yn ôl at Louise, neu…" Dwi'n ysgwyd pen fi mor galed a mor gyflym ma gwallt wig piws fi'n llosgi boch fi. "Plis? Dwi ddim…"

Ma 'na rywun yn deud "Shhhh" tu ôl i'r drws. Dwi'n rowlio llygaid fi ac yn teimlo rhywbeth bach tu fewn i fi sy'n neud i fi wenu, fel y gola stryd cynta'n tanio pan ma'r nos yn dod.

"Dwi'n gallu clywed chi, dickheads."

||||

Ma Tariq yn cyrraedd efo'r tacsi cyn 12 a dwi'n rhoi cwtsh mawr i bawb wrth y drws, hyd yn oed i Tim, yn *enwedig* Tim. (Nope Cat NOPE.)

Dwi ddim yn meddwl bod nhw wedi clywed sgwrs Tim a fi trwy'r drws ond dwi'n gallu gweld chwilfrydedd nhw yn bob un symudiad though, bob un *blinc*. Os maen nhw'n gofyn i Tim ar y ffordd adra, 'dan ni'n ffycd. Ond fyddan nhw ddim, na? Na, wrth gwrs ddim. C'mon, dydyn nhw ddim yn bobl fel'na!! Rhyfedd sut dwi'n anghofio weithia fod y Pump fel, y gwrthwyneb i'r Slayers yn y ffordd ora posib.

Ar ôl cau'r drws dwi'n tynnu wig fi ac yn teimlo fel dwi isio cysgu am fel, blwyddyn, ond dwi ddim efo digon o egni i gerdded fyny grisia eto so dwi'n gorwedd ar y soffa i orffen y ffilm Jennifer Aniston efo Mam.

Ma diwedd y ffilm mor shit a predictable lol, ma'n neud i Mam chwerthin.

8

DWI 'DI TAFLU sana coala fi yn y bin a gadael wig piws fi ar y llawr fel bra budr.

Pan dwi'n gorwedd ar y gwely dwi'n troi at y wal i sgrolio trwy TikTok achos dwi ddim isio gweld ffrog Prom fi wedi crychu yn y gornel. Ma llygaid fi ar gau wrth i fi unlockio'r ffôn achos dwi ddim isio gweld y Notifications Snapchat gan y Pump

a'r missed calls,

(*stopia*)

y missed calls gan Tim.

Dwi'n sgrolio tan dwi'n ffeindio TikTok doniol am y gwahaniaeth rhwng athrawon ym Mlwyddyn 7 a'r athrawon ym Mlwyddyn 11, wedyn dwi'n clicio ar y cyfrif i sgrolio trwy fideos nhw i gyd, ond stopio ar un am Prom i chwara fo ar lŵp.

Prom.

(Yyyych. Ti'n *gallu* neud hyn!! Yndw. *Yndw.* OK.)

So. Prom:

- Roedd o i fod i ddigwydd wythnos ola ysgol ond roedd 'na dân (!!!) – fel, tân *go iawn* – yn y gwesty so oeddan nhw'n gorfod gohirio fo tan heno, wythnos gynta Gorffennaf. Yup. Lol mae o fel trosiad i blwyddyn ola fi yn Gyfun Llwyd, yn *llythrennol*.

- Tua 4 o'r gloch heddiw dwi'n cofio gweld Stories Instagram y Slayers yn yr hairdressers efo gwallt styning.

- Na'th Robyn drio steilio wig piws fi fewn i gyrls heb lwyddo bechod ond caru hi am drio <3

- Wedyn: ffrog (ha-ha). Ma'r ffrog 'nes i brynu yn rhy fawr a ma'n neud i bŵbs fi edrych yn rhyfedd achos dwi wedi colli pwysa ers prynu hi (ffycin gutteeed), so o'n i'n gorfod gwisgo ffrog haf fel, lliw melyn. Ma'n ciwt a flattering, ond dydy hi *ddim* yn ffrog Prom. Ma'n ffrog traeth. Ond dwi wedi trio (trio *lot*) deud wrtha fi fy hun pa mor lwcus ydw i'n actually gallu *mynd* i Prom a 'nes i actually gallu sefyll i gael photo shoot o flaen y gwesty efo'r Pump a ges i gyfle i drio byta'r tiny cheesecake heb neud i ulcers yn ceg fi waedu even though o'n i ddim yn gallu blasu fo eniwei. Achos fel, na'th Birdie ddim cael y *cyfle* yna hyd yn oed so bydda'n *ddiolchgar* Cat be ffwwwwc (!!!).

- So achos o'n i'n teimlo'n shit cyn *cyrraedd* Prom even 'nes i benderfynu gwisgo sana coala fi, ond wedyn o'n i'n gorfod gwisgo sgidia Adidas du – y rhai dwi'n gwisgo i'r ysgol – a nid heels fi. Achos fel, dydy even lewcemia ddim yn esgus digon mawr i fi rocio fyny i Prom efo sana a sandal heels. *Sana coala fflyffi* a sandal heels. No. Ffrigin. Wei.

- Ac oedd Mam wedi benthyg cardigan ddu gwaith hi i fi achos o'n i isio cuddio'r PICC line (mor hyll) a o'n i isio gwisgo fo trwy Prom i gyd ond dwi'n meddwl oedd y gwres ymlaen (Gorffennaf? *Go iawn*? Climate crisis, rhywun??!) a dwi'n cofio chwysu loads a panicio fod makeup fi'n toddi.

- So 'nes i dynnu'r gardigan a wedyn oedd PICC fi allan a pawb yn syllu fel o'n i newydd weiddi "Yoooo pawb, dwi efo account ar OnlyFans!!" (Dwi ddim lol, ond I guess ella fysa fo'n hwyl os ti ddim yn dangos wyneb chdi...? Waw Cat *stopia*. Ond ella... ewww NA.)

- Roedd Cerian a Cerys a Ceinwen a Siriol yn tipsy a wedi cuddio hip-flasks yn clutch bags nhw so oeddan nhw'n dod i fyny ata fi'n gofyn, "Be ydy hwnna ar braich chdi?" a "Ydy o'n brifo?" a hyd yn oed "Ga i dwtsiad o?" a o'n i riiili isio deud bullshit rhyfedd amazing fel, "Wel, achos ma alcohol yn rhy painful i yfed rŵan dwi'n gorfod injectio fo trwy hwn!!" ond fel, ella heno oedd y tro ola i fi fod mewn stafell efo'r Slayers a dwi ddim hyd yn oed isio i atgof olaf y Slayers ohono fi fod yn sarcastic a bitchy fel'na so 'nes i ddeud, "PICC line ydy o i gael meds a tynnu gwaed so dwi ddim yn cael gymaint o needles," a "Na, ddim lot," a "Ym, os ti isio lol," (a yup 'nes i ddeud "lol" allan yn uchel eto. O flaen y *Slayers*. I give up.) a o'n i sort of rili ddim isio bod yna ddim mwy so 'nes i ddechra chwara efo ffôn fi, yn tynnu'r câs i ffwrdd a rhoi o'n ôl eto.

- A wedyn na'th Tami sylweddoli be oedd yn digwydd a dechra siarad am y sitcom Ffrangeg ma hi wedi dechra gwylio ar Netflix (LEJYND).

- Ar ôl i Tams ddechra siarad 'nes i fynd i'r toilets a cloi fy hun i fewn a tynnu wig fi achos oedd pen fi'n chwysu a wedyn 'nes i dynnu sana coala fi hefyd achos oedd traed fi'n chwysu a dwi'n cofio gweld y coalas yn gwenu o llawr teils y toilet efo llygaid bach nhw a o'n i'n *flin*…

- (Dwi yn flin. Dwi yn.)

- … achos doeddan nhw ddim wedi neud fi'n hapus ar noson Prom pan o'n i angen nhw *go iawn* (mooor blentynnaidd Cat be ffwc). So 'nes i ista am chydig yn syllu arnyn nhw nes o'n i'n gallu ffonio Guto i ofyn iddo fo ddod i nôl fi heb i fi ddechra sort of fel, crio.

- A 'nes i ddim actually dechra crio nes o'n i yn y car efo Guto, ond nid *o flaen* Guto achos 'nes i droi pen fi a cogio pigo hen stickers Iron Man o'r plastig ar ddrws y car, a o'n i'n trio diolch fel, yn telepathic i'r plentyn bach oedd yn y car cyn i Gut brynu fo, yn diolch am y difyrrwch ar y ffordd adra.

- Oedd ffôn fi'n canu yr holl ffordd so 'nes i roi o ar silent.

- Wedyn 'nes i ddim sbio yn llygaid Mam a Dad wrth roi cwtsh iddyn nhw a deud nos da.

- A wedyn basically. Yeah. Prom.

Ym.

Yup.

So dyna sut na'th Prom orffen i fi – *Diwrnod mwyaf cofiadwy Ysgol Gyfun Llwyd!* a tri emoji clapio yn ôl Twitter yr ysgol. Ma Tami wedi perswadio'r pump ohonan ni i ddilyn y cyfri Twitter – yn eironig, wrth gwrs – achos ma'r memes 'dan ni'n gallu cael allan ohono fo yn *amhrisiadwy* o hileriys.

9

CNOC AR Y drws ffrynt.

Plis nid y Pump plis nid y Pump plis nid y Pump plis.

"Ooo, haia, ti'n iawn?" Llais dwfn Dad. Dwi'n gallu clywed llais Aron hefyd, wedi cyffroi fel wiwer fach, ond dwi ddim yn gwbod be mae o'n ddeud. Wedyn dwi'n clywed y grisia'n neud sŵn fel ma Gramma Trinidad yn neud bob tro ma hi'n ista'n ôl ar ôl dechra Skype, a cnoc ar drws fi.

"Cati? Ma Tim yma." Dwi'n troi at Dad wrth iddo fo agor drws fi so ma hanner corff o'n pwyso fewn. "Geith o ddod i fewn i ddeud helô?"

Dwi'n ysgwyd pen fi ar y clustog.

"Cati… plis."

"Dwi'n teimlo'n shit."

Mae Dad yn crafu top ei ben lle mae o'n dechra moeli. Does 'na neb efo'r gyts i ddeud wrtho fo bod hi'n amser iddo fo siafio fo i gyd bechod. Fysa fo'n amazing though, cael rhywun arall yn y teulu heb wallt i uniaethu efo fo.

"Dwi'n gwbod. Ond mae o'n edrych fel…" Mae o'n cau llygaid o am eiliad i chwerthin. "… fel puppy bach ar goll ar ben ei hun lawr fan'na. So plis, plis 'nei di weld o, jyst am bum munud? *Tim* ydy o. Dwi'n meddwl neith o neud i chdi deimlo'n well."

Fuck this.

Ond dwi *ddim* isio gadael Tim i lawr. A dwi ddim isio gadael Dad i lawr chwaith. So dwi'n nodio a ma Dad yn gwenu efo un ochr o ceg fo cyn dechra cau'r drws.

"Dad?" medda fi, a mae o'n troi rownd. "'Nei di nôl wig fi plis?" Dwi'n pwyntio at y llawr.

A dwi ddim yn gwbod pam – a ma hyn yn rili rhyfedd – ond ma'r ffordd ma Dad yn gwenu ar y wig wrth roi o i fi yn *drist*. Fel, trist gwahanol i sut ma gwên o wedi newid ers y diagnosis. Ond ella ma dychmygu hynna dwi?

"Ti'n iawn, Cat?"

Classic Tim: dechra efo'r cwestiyna mawr yn syth.

Dwi'n codi ysgwydda fi. "I guess. Ish."

Ma Tim yn ista ar gadair y ddesg, yn troi o mymryn bach i sbio o gwmpas. "Dwi'n lico hwnna," medda fo, yn pwyntio at y to, a dwi'n sbio i fyny i weld y fflag hanner Cymru hanner Trinidad na'th Guto neud i fi.

Dwi'n ista i fyny a hanner gwenu, fel oedd Dad yn neud.

"Ieee, Gut na'th neud hwnna pan na'th o drio dysgu fo ei hun i fel, gwnïo achos ma cariad o'n gwnïo scrunchies a headbands. So na'th o dorri fflag Trinidad and Tobago a Cymru yn hanner..." dwi'n smalio neud karate chop yn yr awyr lol be ffwc, "... a gwnïo dau hanner o'r fflags gwahanol efo'i gilydd i neud dau fflag fel'na." Ma'r atgof o Guto'n trio gwnïo nhw efo'i gilydd yn neud i fi chwerthin – o'n i'n gallu clywed o o stafell fi yn gweiddi, "FuckypieceofSHIT" a "CoooOOONT" pan oedd o'n stabio'i hun efo'r nodwydd, dwi'n meddwl. "So naethon ni chwara rock paper scissors a fi na'th golli so 'nes i gael y fflag yma efo tin y ddraig. He." Ond mae o *yn* sexy though, am ddraig (omg Cat be *ffwc.*).

"Dwi'n lico fe. Ma'r ddraig goch fel monster cŵl 'da'r llinell ddu yn stico mas yr ochr arall."

"Yndi, I guess, hanner draig hanner jiráff."

A ma hynna'n neud i Tim chwerthin. A ma clywed o'n chwerthin yn neud i organau fi isio cael rave eto.

"Dwi'n lico'r jiráff origami hefyd." Ma Tim yn pwyntio at y bwrdd bach wrth ymyl y gwely, lle dwi 'di gosod rhai anifeiliaid origami, y rhai pwysig: jiráff Aron, crwban

Tim, pilipala Aniq, panda Robyn, llwynog Tams, y gath, a gwennol Birdie.

"Ia," medda fi. Dwi'n codi o'r gwely i ista ar y carped wrth y bwrdd bach a ma Tim yn dilyn.

"Ydy e'n OK i fi gyffwrdd nhw?"

"Yndi, yndi! Ti ddim angen gofyn."

Ma Tim yn cyffwrdd pen y jiráff y mymryn *lleiaf*, fel 'ta cwmwl ydy o ac nid fel, papur post-it o The Works.

"Dwi'n gofyn rhag ofn, achos ma Mam fi'n gweud dwi'n cyffwrdd pethau pobl eraill weithie pan mae e'n rong."

Aww Tim. "Wel, dydy o byth yn rong i chdi gyffwrdd hein." Dwi'n nodio at yr anifeiliaid.

"Diolch."

"Ym, ella ma hyn yn weird ond dwi wedi neud un ar gyfer bob un o'r Pump – chdi, Tams, Robyn, Aniq a fi." Dwi'n gafael ym mhob un wrth ddeud enwa pawb ac yn rhoi nhw mewn rhes.

"Dwi'n caru crwbanod!" Mae o'n nôl ffôn fo a dangos TikTok o rywun wedi meddwi yn adeiladu sleid ar gyfer crwban.

"Ciwt," medda fi. "I wish fyswn i efo'r urge i neud DIY pan dwi'n pissed."

Dydy Tim ddim yn deud dim byd a dwi ddim yn gwbod be i ddeud rŵan chwaith ond ma Mal yn cyfarth lawr grisia ac yn llenwi'r tawelwch am chydig. Wedyn ma 'na sŵn tu allan o Tania drws nesaf yn croesawu'r dyn DPD, a ma'r dyn DPD yn deud helô yn ôl wrth ganu'r corn. Ma Tim yn cau llygaid o'n dynn ac yn troi pen o i ffwrdd o'r ffenest.

Dwi'n ymestyn i fyny i gau'r ffenest. "Sori," medda fi, "'nes i'm meddwl."

"Ma'n OK, na'th e syrpreiso fi, 'na i gyd."

Dwi'n nodio. Even ar ôl i fi gau'r ffenest dwi'n gallu clywed Tania'n gweiddi, "Thankyouuuu" i'r dyn DPD. Lol be ma hi wedi ordro??

"So pwy yw hwn?"

Dwi'n ysgwyd pen fi i ddod allan o'r daydream am yr archebion fucky fysa'n gallu cyffroi Tania gymaint ac yn sbio'n ôl ar Tim. Mae o'n pwyntio at y wennol.

"Ym, yeah..." Dwi'n gafael ynddi hi'n araf fel tasa fi'n trio gafael mewn aderyn go iawn. Ma bysedd fi'n crynu fymryn bach, ond ddim gymaint nes neud nhw'n blurry eto.

Ti'n. Gallu. Neud hyn. Achos fel, doedd hi ddim, no way no way doedd hi *ddim* isio i chdi deimlo fel hyn wrth feddwl amdani hi. Nope. Nope nope nope!!

(Ti'n gallu, Cat. Hell *yes* ti'n gallu!!!)

Dwi'n rhoi hi'n ôl ar y bwrdd, wrth ymyl cath fi yn y rhes.

"Birdie," medda fi, a dwi'n anadlu allan, yn teimlo fel balŵn sy'n fel, ymddeol ac yn gallu rhyddhau aer o i gyd o'r diwedd. "Un o ffrindia fi ar y ward yn Liverpool." *Anadla.* "Na'th hi farw jyst cyn i'r ysgol ddechrau ym mis Medi, ond oedd hi'n, fel…" dwi'n codi sgwyddau fi ac yn cyffwrdd pig bach y wennol, "ma hyn yn swnio'n weird ond oedd hi fel, ddim yn ffitio fewn yn y sbyty o gwbl? Fel, oedd hi'n rhy 'free-spirited'…" dwi'n neud dyfynodau yn yr awyr efo bysedd fi, "… a fel, oedd hi bob tro'n gallu perswadio fi i sneakio allan o'r sbyty efo hi, neu ordro Domino's i'r ward er fod hynna yn erbyn y rheola neu whatever." Dwi'n chwerthin yn dawel trwy nhrwyn ac yn tynnu braich fi'n ôl. "A actually, dyma cariad hi…" dwi'n nôl ffôn fi allan a dangos Insta hi i Tim achos mae o'n anhygoel; ma cariad Birdie wedi troi o'n gyfrif sy'n codi ymwybyddiaeth o Glioblastoma. Dwi'n dangos llun i Tim o Birdie efo'i chariad hi – selfie mewn coedwig. Ma'r ddwy ohonyn nhw'n gwisgo beanies Carhartt pinc. Gutted fod pen fi'n rhy fach i rocio beanie.

"Dwi'n sori." Mae o'n swnio mor ofnus bechod.

Dwi'n chwerthin yn dawel, fel candi-fflos lliw beanies Birdie a'i chariad hi. "Dim bai chdi ydy o."

"Na, dwi'n gwbod. Dwi'n gweud sori achos sai'n gwbod beth arall i weud."

Same, Tim. Same.

Shit.

(OK Cat. Ti'n gallu neud hyn hefyd lol. Ti'n human a ti 'di neud lot o gamgymeriada yn bywyd bach chdi ond ti'n ffycin gallu neud hyn. Os ti'n gallu neud hyn ti'n gallu neud *bob dim.* Yeah, ella nid *bob dim* bob dim ond digon agos!!)

Dwi'n cerdded 'nôl i ista ar y gwely. Yn *wynebu* fo (heeEEEEElp).

"Tim?"

Mae o'n sbio arna fi am fel, deg munud, a dwi ddim yn gallu cael y geiria allan be ffwwwc.

"Tim?" medda fi eto. "Tim."

"Ti'n OK, Cat?"

(Ti'n gallu ti'n gallu c'mon Cat ti'n *gwbod* ti'n gallu!!)

Dwi'n nodio.

"Tim," tro ola dwi'n addo lol, "pan 'nest ti fel, gofyn i fynd allan efo fi neu whatever…" dwi'n sbio ar y ffenest wrth siarad efo fo a dwi'n gwbod fydda i'n gorfod deud hyn i gyd yn *gyflym* rŵan fel tynnu wax strips, "… do'n i ddim isio deud dim byd achos ma lot o bywyd fi mor shit a confusing a dwi fel, dwi ddim yn gwbod be sy'n mynd i ddigwydd go iawn, fel, lle dwi am fod amser yma blwyddyn nesa, even mis nesa achos os 'dan nhw ddim yn hapus efo results fi fydda i angen chwilio am bone marrow donor i gael transplant sy'n *hell* apparently, a lot o complications yn gallu digwydd, a apparently ella dwi am fod yn infertile wedyn ond does 'na neb fel, yn actio fel tasan nhw'n cerio am hynna a dwi'n teimlo *mor ffycin hyll* heb gwallt fi." Dwi'n tynnu wig fi heb feddwl am be ffwc dwi'n neud. "Mor *ffycin* hyll a ti ddim isio hyn, OK? I mean, c'mon, sa neb isio hyn. *Dwi* ddim yn licio'r ffordd dwi'n edrych rŵan so dwi ddim yn gwbod pam fysa rhywun sy *ddim* yn fi yn!"

Ffyyyyc.

Dwi'n troi ngwyneb o'r ffenest a lawr ar dwylo fi. Maen nhw'n blurry (ffyc *ffyc*).

"Ti ddim yn hyll, dwi'n credu bod ti'n edrych fel Zordon."

Dwi'n chwerthin trwy nhrwyn.

"Pwy ydy Zordon?" medda fi.

Ma Tim yn gwenu efo ceg ar agor a bron yn neidio ata fi ar y gwely.

"Dewin yn *Power Rangers* sy'n styc mewn time warp ac yn cwffio yn erbyn popeth evil ac yn mentor i Mighty Morphin Power Rangers, Zeo Rangers, a Turbo Rangers. Mae e'n amazing! A ti'n edrych fel *fe*! Ond ti hefyd yn edrych yn rili, rili bert yr un pryd so ti'n edrych loads gwell na Zordon!" Mae o'n troi i sbio arna fi ac yn stopio gwenu fel drws yn slamio. "Ydw i 'di gweud rhywbeth i offendo ti? Ife 'na pam ti'n crio?"

Dwi ddim yn gallu siarad so dwi'n ysgwyd pen fi a dwi'n dal i ysgwyd pen fi pan dwi'n rhoi llaw fi yng ngwallt Tim a pwyso i fewn ato fo.

卌

Ma Tim yn tynnu i ffwrdd am chydig ac yn edrych fel tasa fo bron â gorffen jig-so ond efo un darn mawr ar goll.

"Ym, ti moyn ca'l sex? Sai'n gwbod shwt i neud e though."

O waw dwi isio chwerthin, ond nid ar ben Tim, wrth gwrs – *byth* ar ben Tim – jyst achos mae o mor ffrigin ciwt ac amazing a ddim yn poeni mod i heb siafio dim byd ers lot rhy hir a fel, y gwrthwyneb i fuckboy.

Gwrthwyneb i Liam.

(Nope nope nope. Billie Eilish a Lizzo Billie Eilish a Lizzo ti'n gallu ti'n gallu ti'n *gallu* neud hyn!!)

Dwi'n ista i fyny ac yn pwyso ar peneliniau fi.

"Paid â phoeni, ym, dwi... dwi ddim yn meddwl dwi'n barod am hynna eniwei? Ym, ma'n anodd achos... achos Liam?" Aaaa shit dwi'n gorfod stopio siarad am chydig ar ôl deud enw fo, a disgwyl nes ma'r cysgod o'i ddwylo fo ar coesa fi a bol fi wedi *diflannu* (Billie Eilish a Lizzo. Ti'n *gallu.*). "So heddiw gawn ni jyst bod efo'n gilydd fel'ma, os ti'n hapus efo hynna?"

"Dwi'n deall," medda fo, a nodio unwaith. "A dwi'n hapus 'da hynna. Dwi'n... dwi'n rili, rili hapus."

Dwi'n chwerthin a ma'n snotty achos dwi dal yn crio lol.

"Yeah. Dwi'n rili hapus hefyd."

10

MA'R CAR YN teimlo fel car gwahanol i'r un roedd
Dad yn gyrru ar y ffordd i'r sbyty gynna.

Ac even though na'r un gân Bowie sy dal yn chwara,
ma'r gân yn teimlo'n wahanol hefyd, fel tasa pob dim –
hyd yn oed llinynnau'r gitâr – wedi fel, fflipio? Neu jyst
newid fymryn bach, bach, ond mewn ffordd mor fach ma'n
amhosib deud *be* sy wedi newid so ma'n rili ffycin annoying.

A ma Dad a fi fel arfer yn chatty yn y car, bron yn siarad
ar draws ein gilydd, ond rŵan ma pob un gair yn teimlo'n
anghywir neu'n rhy bell i ffwrdd neu'n rhy agos fel tasan
nhw'n gwasgu ni fel airbags. So dwi'n troi volume 'Space
Oddity' i fyny, jyst yn ddigon uchel i fod yn anghyfforddus.

Ar ôl cyrraedd adra, y petha cynta dwi'n neud ydy ista ar
y gwely ac agor Snapchat. Ma Robyn wedi rhannu TikTok

am 'things straight boys do that just make sense', ac o dan hynna ma Aniq wedi gyrru sgetsh hileriys o Garin, ond llun fel caricature efo clustia fo'r un maint â pen fo a ffroenau anferth.

Dwi ddim yn chwerthin. Dwi'n methu (aaa shit).

Ti'n gorfod, Cat. Ti'n gorfod deud. *Rŵan.*

☹ Y Pump ☺
BRYAN_TAMI
ani ma hwnna'n berffeth!!! im creased
CAT'X
ha haaa love it
CAT'X
hey guys, downer sori, ond news shit gan doctor fi heddiw, results bone marrow biopsy fin dangos bod na dal celloedd leukaemia yn bone marrow fi so yr opsiwn nesa ydy bone marrow transplant so ma brodyr fin testio i weld os ma nhwn match i fi, a os ma un o nhwn match dwin gorfod cael conditioning treatment cyn y transplant (basically chemo ar crack) syn mynd i chwalu immune system fi so fydd corff fi ddim yn rejectior bone marrow newydd. so wedyn dwin gorfod aros yn y sbyty am ages, ella 3 mis heb weld neb heblaw am un person yn teulu fi achos infections :(((am fethu chi loads a loads a loads xxxxx
CAT'X
sori nesh i ddim sylwi fod y neges mor hir a confusing lol, da chi isho ft???
_ROBXN:
Cat babes. Fedra i ddim dychmygu sut deimlad ydy cael y shitness shitty na yn bywyd chdi. Da ni yma i chdi ALWAYS a tin mynd i smasho fo <3

_ROBXN
| a dwin barod am facetime!!xx

BRYAN_TAMI
| fuck

BRYAN_TAMI:
| FUCK

BRYAN_TAMI
| ie ie ie facetime pliiis, dwin procrastinato anyway

ANIQMSD
| blydi hel

ANIQMSD
| yn ty Daadi so am fynd fyny grisia i gael
| preifatrwydd, nai joinio chi mewn munud xx

TIMMORG
| Sori sori sai'n gallu, mam yn fforso fi paco i fynd i'r
| steddfod fory. Dwi'n mynd i ffono ti wedyn cat x

Ma'r 'x' bron â neud i fi ddisgyn i ffwrdd o'r gwely lol, ond dwi'n dal bys fi drosto fo fel dal deilen fach sy'n chwythu i ffwrdd, ac yn dal bys fi fel'na nes ma'r sgrin yn mynd yn ddu.

A wedyn dwi'n dechra'r alwad Facetime.

𝗛𝗛𝗜

O'n i'n gallu clywed Mam a Dad yn crio yn stafell wely nhw ar ôl i Dad a fi gyrraedd adra, ar ôl iddyn nhw drio egluro i Aron mod i'n gorfod aros yn y sbyty am fel, misoedd.

Ond *fi*, dwi fel, dwi jyst isio hyn orffen, a byw efo bone marrow normal o'r *diwedd*. A dwi *yn*, dwi'n shocked dwi'n teimlo fel hyn achos ar ôl gwylio lot o flogs am BMTs o'n i'n meddwl fyswn i fel, yn freakio. Ond I guess ma jyst yn un peth arall i ychwanegu at y rhestr o miliwns o stwff shit sy 'di digwydd ers y diagnosis, jyst yn un peth arall dwi'n gorfod neud sy'n ffycin annoying a hefyd yn *terrifying* (yup gorfod cyfaddef hynna), ond dwi wedi goroesi blwyddyn mwya shit bywyd fi yn barod so pam ddim tri mis arall?

I mean, ella fydd o ddim rhy ddrwg os ma'r caffi dal yn gwerthu sleisys pinafal.

卌

Ma'n fawr, am stafell mewn sbyty. Dwi'n meddwl ma'n fwy na stafell fi adra.

Dwi wedi rhoi llunia i fyny ar y wal gyferbyn â'r gwely, rhai o fi efo Mam a Dad a Guto ac Aron a Mal, un o Gramma a Nain a Taid Llan. Ond hoff lun fi ydy'r un na'th Robyn dynnu efo camera polaroid hi ar y prom dydd Sul, achos na'th hi dynnu'r selfie cyn i ni i gyd fod yn barod, so ma hi'n chwerthin ond ma Tim a Tami ac Aniq a fi yn edrych yn hileriys. Ma'n neud i fi chwerthin fel Robyn yn y llun bob tro dwi'n sbio arno fo so doedd 'na ddim *amheuaeth* fod o'n mynd i fyny ar y wal!

Tim
CAT'X:
sut dwin mynd i survivio 3 mis hebdda chdi??? os ti ddim yn facetimio bob dydd dwi am ofyn i doctor injectio bone marrow blaidd i mewn i corff fi yn lle un guto so dwin gallu troi yn werewolf a wedyn na i droi chdi yn werewolf fel revenge am ddim facetimio digon

Rhyfedd. Ma Tim wedi agor y neges ond dydy o ddim yn ateb. Ella dwi wedi dychryn o efo'r threat, y bygythiad am werewolves?? (Be ffwc Cat, ydw i wedi pasio'r trothwy o fod yn rhyfedd i fod yn psychotic?! Wps.)

Neu ella dydy o ddim yn gallu ateb achos mae o ar y ffordd i'r Eisteddfod? Yeeahh probably hynna.

Ma Mam wedi mynd i'r toilet, dwi'n meddwl, a Dad wedi mynd i chwilio am siop efo Aron i gael 'presant' i fi bechod, so ma Guto yma i helpu fi gadw bob dim. Ar ôl tapio trwy chydig o TikToks flowxr_womxn, y peth cynta 'nes i ddadbacio oedd Cwtsh, ond 'nes i ddim cuddio fo o dan y gwely – 'nes i roi o i ista yn fel, yn falch ar ben clustog fi. A dydy Gut heb ddeud *dim byd* am y peth (!!), sy'n mindblowing.

Dwi'n ista ar y gwely ac yn llusgo Cwtsh ata fi. Wedyn dwi'n gwthio talcen fi i fewn i pen fo ac anadlu'n ddwfn so dwi'n gallu ogleuo'r llwch ar y blew bach gwyn a pan dwi'n anadlu allan ma blew o fel, yn neud Mexican wave a wedyn dwi'n gafael yn fflipyrs fo a neud iddo *fo* neud Mexican wave achos pam ddim (be ffwc ti'n neud lol).

"Iawn?"

Dwi'n troi rownd at Guto lle mae o'n ista mewn cadair wrth y ffenest, ei ben-glin o'n neidio i fyny ac i lawr yn gyflym so mae o'n blurry fel ma breichia fi weithia. Dwi'n sbio'n ôl ar Cwtsh ac yn nodio.

"Sort of ofn, though."

Ma'n tynnu ffôn allan a dechra tapio fo ar ei ben-glin.

"Yeah, ond fydda chdi'n OK. Os fysa hyn i gyd 'di digwydd i fi fyswn i jyst isio aros yn bedrwm fi bob dydd yn gweiddi a malu bob dim, fyswn i no way 'di bod mor fucky â chdi."

"Ella." Dwi'n troi at Guto eto a croesi coesa fi ar y gwely. "Ond actually, dwi jyst yn ofn fydd bone marrow chdi yn neud i fi isio gwrando ar fel, Green Day a Sex Pistols."

Mae o'n stopio tapio ffôn fo i chwerthin.

"Dude," (eww Guto stopia), "fysa hynna'n masif improvement i personality chdi, and you know it."

"Nope."

"C'mon, ti'n gwbod ti rili isio music taste fi."

"Yeah, na'dw."

"Ti definitely isio though."

"Mmm. Dwi *definitely* ddim."

"Na, na na na. Dwi'n methu coelio hynna."

"Wel, ma'n wir. So."

"OK, ella neith o gymryd few years i chdi maturio."

"So fydda chdi'n gorfod disgwyl fel, milenia?"

Mae o'n trio neud ceg fo'n drist ond ma wyneb o efo cynllunia eraill lol ac mae o'n chwerthin eto.

"*Sut* ti'n chwaer i fi? Honestly, ma'n shocking fod bone marrow ni'n matsio."

"Dwi'n gwbod."

'Dan ni ddim yn deud dim byd am chydig wrth i Guto sbio ar y wal, ella'n sbio ar y llunia 'nes i roi yna. Wedyn mae o'n deud,

"Ti mor fucky ia, ma'n sgeri."

"Dwi'n gwbod," medda fi.

A even though does 'na fel, dim byd sy actually yn ddoniol, fel, dim byd *o gwbl*, ma'r ddau ohonan ni'n chwerthin tan ma Mam yn dod 'nôl.

卌

Dwi'n newid i fewn i T-shirt pyjamas, joggers a un o hen jympyrs Guto a gwthio'r chwech origami bach i fewn i un o bocedi'r joggers yn ofalus. Ma Mam yn sbio ar y llunia ar y wal, yn gwenu yn y ffordd ma pobl yn neud weithia pan maen nhw'n meddwl bod neb arall yn sbio.

"Mam?" medda fi. Ma hi'n troi rownd, a'i gwên hi'n mynd fel 25% llai. "Dwi isio mynd am dro rownd y sbyty cyn iddyn nhw roi'r central line i fewn."

"OK, darling. Ty'd 'nôl cyn dau, ia?"

Dwi'n nodio. "Jyst mynd am dro."

A pan dwi'n chwifio llaw fi ar Abby, un o'r nyrsys paeds yn y coridor, dwi'n sylweddoli, fel,

ym.

Dwi wedi gadael wigs fi i gyd adra (help??!!).

A ma'n rhyfedd, ond dwi'n meddwl dwi'n teimlo'n rili, rili, fel, 100% OK am hynna?? *Wow*.

Dwi'n stopio yn y caffi i brynu potel o Oasis Summer Fruits in honour of Aniq a'r Pump a

omg

sleisys pinafalpinafalpinafal (holy *shit* maen nhw dal i werthu sleisys pinafal!!))!!

Wedyn dwi'n dechra cerdded (ond mewn ffordd sort of bouncy rŵan achos *pinafal*) at yr allanfa, achos ma'r haul allan a dwi isio teimlo fo ar groen pen fi am y tro cynta ers fel, wow, blwyddyn??

Yup.

Dwi'n ffeindio mainc wag tu allan i'r drysau merry-go-round (heb stopio galw nhw'n hynna ers i fi fod yn hogan fach lol) ac yn sychu'r pren efo llawes jympyr fi cyn ista i lawr i fyta'r pinafal.

Ma'r sudd yn dripio i lawr gên fi (bywyd yn rhy fyr i beidio bod yn messy eater. *Yn llythrennol.*) pan dwi'n clywed gweiddi o'r maes parcio. Dwi'n sbio i fyny ac yn gweld rhywun yn rhedeg ar draws y lôn a bron yn cael ei ladd gan ambiwlans. Hmm. Rhyfedd sut ti'n anghofio weithia fod 'na gymaint o bobl dwp yn y byd.

Ond wedyn

(sut)

mae o'n dod yn agosach a dwi fel,

(sut??)

na. No way. No way!!

Tim.

Pam dydy o ddim yn yr Eisteddfod be ffwwwc??!

Pan mae o'n ddigon agos, dwi fel, yn gweiddi "Be ti'n neud?" a bron yn tagu ar y darn ola o binafal ond dwi'n teimlo fel, fel dwi'n gallu gwenu fel hyn *am byth*.

Mae o'n stopio i sefyll o flaen fi ac yn anadlu'n ddwfn am chydig cyn siarad, ond dal yn trio cael anadl o'n ôl bechod, "Cat... Cat."

"Ym, hai?" medda fi.

"Cat." Mae o'n cau llygaid o cyn dechra siarad eto. "O'n ni ar y ffordd i'r Airbnb ni 'di rhentu i'r Steddfod 'da teulu fi a teulu Nedw ond 'nes i ofyn i Mam a Dad ddod 'ma gynta achos fi moyn gweld ti cyn... cyn..." Mae o'n sbio i'r ochr, ar y drws merry-go-round a ddim yn deud dim byd arall.

Waw.

Ym.

Waw.

Dwi'n ysgwyd pen fi achos ma ymennydd fi'n trio *mor* galed i ffeindio rhywbeth i'w ddeud sy'n dangos iddo fo mor ddiolchgar dwi. Mor ddiolchgar fod o wedi symud i'r dre *yma* allan o bob dre fach shit yng Nghymru. Mor ddiolchgar fod o wedi sacrificio, aberthu Nos Galan i fod efo fi. Mor ddiolchgar fod o rywsut wedi gorfodi mam a dad fo a teulu Nedw i yrru i fa'ma, rŵan.

Dwi'n trio mor ffycin galed, ond dwi ddim yn gallu ffeindio dim byd, dim un *gair* (Caaat be ffwc),

a dyna pryd mae o'n ista i lawr wrth ymyl fi. Mae o'n sbio'n syth ymlaen a dwi'n gwylio'r gwynt yn codi gwallt o weithia, yn dangos man geni bach ar ochr talcen fo, a dwi'n codi llaw i gyffwrdd o.

"Ym, hai," medda fi eto.

"Hei."

So achos dwi *dal* methu ffeindio'r geiria iawn, dwi jyst yn gadael i mhen i ddisgyn ar ysgwydd fo ac yn anadlu i fewn yn ddwfn, yn trio neud i fi fy hun gofio sut mae o'n arogli ar gyfer y tri mis nesa (ffyc). Mae o'n gafael yn llaw fi a fel, yn esmwytho bys indecs fi efo bawd fo.

"Tim," medda fi, "ym, dwi isio chdi wbod ma'n rili, rili OK os ti isio, os ti fel, jyst isio bod yn ffrindia?"

"Na!" Dwi'n gallu teimlo'r dryswch yn neud i'w gorff o i gyd fynd yn stiff. "Sai moyn neb arall! Dwi... dwi'n mynd i aros amdanot ti bob dydd tan ti mas o'r sbyty. Dwi'n credu... ie, dwi'n credu galla i aros amdanot ti am *byth*. Ac os yw'r transplant 'ma ddim yn gweitho a ti'n gorfod cael un arall neu'n gorfod trio rhywbeth experimental sgeri newydd weird ar ochr arall y byd, dwi dal isie aros. Dwi'n addo." Mae o'n sibrwd rŵan, bron mor dawel â sŵn gwallt wig fi ar croen fi. "Dwi'n *addo*."

Dwi'n defnyddio llawes jympyr i sychu llygaid fi wrth i fi nodio i fewn i ysgwydd Tim.

Ym.

Wow.

"Ym, Tim?"

"Ie."

"Dwi'n meddwl dwi'n gorfod mynd i fewn rŵan."

Mae o'n stopio esmwytho bys fi ond dydy o ddim yn symud. "Dwi moyn mynd 'da ti, sai moyn mynd i'r Steddfod."

"Tim..."

A mae o'n plygu pen o i lawr so mae o fel, yn rhoi cusan i nhalcen i, ella yn yr un lle 'nes i gyffwrdd talcen o gynna, a dwi'n troi wyneb fi i fyny ata fo'n ara a gwasgu gwefus fi at rhai meddalfflyffiamazing fo a dwi'n meddwl dwi sort of wedi anghofio sut i anadlu ond ma hynna'n OK achos dwi'n meddwl bod Tim a fi fel, yn rhannu cyrff ni rŵan so bydd o'n anadlu *ar gyfer fi* a wedyn dwi'n clywed hogan fach yn sgrechian neu chwerthin a dwi'n tynnu i ffwrdd a pwyso mhen i fewn i gwddw fo a dwi'n gallu teimlo croen gwddw fo'n symud wrth i calon fo guro bron mor gyflym â un fi.

"Dwi..." medda fi, yn anadlu fel dwi newydd redeg deg lap rownd y sbyty, "dwi isio. Dwi isio chdi ddod efo fi 'fyd, dwi..."

Dwi'n cau llygaid fi ac am eiliad, am *eiliad* dwi'n trio dychmygu sut fysa'r byd os fysa'r fainc yma ddim yn bodoli a'r sbyty ddim yn bodoli a hyd yn oed y pinafal (soz pinafal) ddim yn bodoli a gwallt cyrls amazing fi'n hiiiir ac yn chwythu rownd wyneb fi a wyneb Tim fel mae o i *fod* i neud.

Jyst am eiliad.

(plis?)

"Ti beth?"

Dwi'n agor llygaid fi ac yn sbio ar y jympyr las tywyll

ma Tim yn gwisgo. Dwi mor agos, dwi'n gallu gweld llinella bach, bach y cotwm.

"Dwi'n gorfod mynd i fewn rŵan," medda fi eto. "'Nawn ni Facetimio heno, os 'dan ni'n gallu?"

Dwi'n teimlo pen fo'n nodio wrth ymyl pen fi ond pan mae o'n codi ac yn cerdded i ffwrdd dwi'n cadw mhen i lawr, yn sbio ar poced fi lle ma'r origamis i gyd, a pan dwi'n sbio i fyny o'r diwedd, ma car teulu Nedw a car mam a dad Tim a Tim wedi mynd.

卌

Dwi'n gafael yn y bocs pinafal gwag a rhoi o i fewn yn y bin wrth ymyl y fainc, wedyn gorffen yr Oasis fel dwi'n downio diod mewn sesh lol, cyn taflu hwnna yn y bin hefyd. Dwi'n rhoi llaw fi fewn i mhoced i a gwasgu'r origamis nes maen nhw i gyd yn plygu i'w gilydd fel un origami mawr.

Ar ôl sbio o gwmpas ar y ceir gwahanol yn y maes parcio a'r gwrychoedd a'r lôn a'r ambulance bay a'r meinciau a'r bobl sy'n cerdded i'r ac o'r maes parcio a'r cwmwl sydd wedi symud dros yr haul, dwi'n gwthio trwy'r drysau merry-go-round i fynd 'nôl i fewn i'r sbyty.

EPILOG

DWI'N TYNNU FO. Dwi'n tynnu wig fi a dychmygu fy hun yn taflu fo dros ochr y prom ac i fewn i'r gwynt fel dwi mewn ffilm ddramatig lol (hell yeeeees), ond dwi ddim yn neud hynna, wrth gwrs, achos dwi ddim isio ychwanegu at y sbwriel sy yn y môr yn barod, a be os ma 'na bysgod yn trio byta fo ac yn marw?? Dwi ddim isio hynna ar conscience, ar cydwybod fi (nope nope nope ti'n well na hynna, Cat!!).

A fel, ma hyn yn rhyfedd i feddwl, iawn, ond dwi *dal* ddim yn meddwl dwi'n gwbod digon am y môr lol. Ond dwi *yn* meddwl mod i'n gwbod hyn, o leia:

- Dydy o ddim mor sgeri, *ddim* mor frawychus go iawn â mae o'n edrych pan ti'n sefyll ar y prom.
- Achos fel, dwi'n gwbod os ti'n mynd i gario mlaen i nofio neu whatever, 'nei di ffeindio ynys fach i chdi chillio arno fo a fan'na 'nei di ffeindio Aniq a Tami

a Robyn, a wedyn os ti'n cario mlaen i fynd eto, 'nei
di ffeindio chdi dy hun yn union lle 'nest ti ddechra.
Iei.

- A fydd o yna, fydd Tim yna efo chdi yr *holl* ffordd,
  dim ots pa mor shit ac anodd a SHIT ma pob dim o
  dy gwmpas di'n troi allan i fod, dim ots os ti ddim
  efo syniad o GWBL be ma'r tonna nesa'n mynd i fel,
  dympio arna chi.

- So wedyn, dwi'n meddwl, wedyn bydd pob dim sort
  of fel, yn OK?

- A dwi (*hell* yes)… dwi'n *methu. Ffrigin. Aros.*

Dyma restr o wefannau allai fod o gymorth.

Meddwl: meddwl.org

Mind: mind.org.uk

Meic Cymru: meiccymru.org

Shout: giveusashout.org

The Mix: themix.org.uk

YoungMinds: youngminds.org.uk

Diverse Cymru: diversecymru.org.uk

Teenage Cancer Trust: teenagecancertrust.org

Leaukemia UK: leukaemiauk.org.uk

New Pathway: newpathways.org.uk

Ynys Saff: cavuhb.nhs.wales/our-services/sexual-health/
services-provided/ynys-saff-sexual-assault-referral-centre

Refuge: refuge.org.uk

EYST Wales (Ethnic Minorities & Youth Support Team):
eyst.org.uk

**EMWWAA (Ethnic Minority Welsh Women Achievement
Association):** emwwaa.org.uk

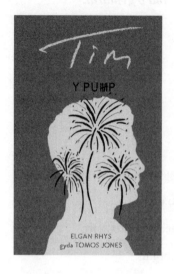

Tim

Y PUMP

ELGAN RHYS
gyda TOMOS JONES

Tami

Y PUMP

MARED ROBERTS
gyda CERI-ANNE GATEHOUSE

Aniq

Y PUMP

MARGED ELEN WILIAM
gyda MAHUM UMER

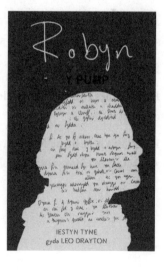

Robyn

Y PUMP

IESTYN TYNE
gyda LEO DRAYTON

Holwch am bris argraffu!
www.ylolfa.com